A GLÓRIA DOS CORPOS MENORES

Patrícia Lima

A glória dos corpos menores

Editora Senac Rio – Rio de Janeiro – 2024

A glória dos corpos menores © Patrícia Lima, 2024.

Direitos desta edição reservados ao Serviço Nacional de Aprendizagem Comercial – Administração Regional do Rio de Janeiro.

Vedada, nos termos da lei, a reprodução total ou parcial deste livro.

Senac RJ

Presidente do Conselho Regional
Antonio Florencio de Queiroz Junior

Diretor Regional
Sergio Arthur Ribeiro da Silva

Diretora Administrativo-financeira
Jussara Alvares Duarte

Assessor de Inovação e Produtos
Claudio Tangari

Editora Senac Rio
Rua Pompeu Loureiro, 45/11º andar
Copacabana – Rio de Janeiro
CEP: 22061-000 – RJ
comercial.editora@rj.senac.br
editora@rj.senac.br
www.rj.senac.br/editora

Gerente/Publisher: Daniele Paraiso
Coordenação editorial: Cláudia Amorim
Prospecção: Manuela Soares
Coordenação administrativa: Vinícius Soares
Coordenação comercial: Alexandre Martins
Preparação de originais/copidesque/revisão de texto: Gypsi Canetti
Projeto gráfico de capa e miolo/ilustração de capa: Priscila Barboza
Diagramação: Roberta Silva
Impressão: Coan Indústria Gráfica Ltda.
1ª edição: outubro de 2024

CIP-BRASIL. CATALOGAÇÃO NA PUBLICAÇÃO
SINDICATO NACIONAL DOS EDITORES DE LIVROS, RJ

L71g

    Lima, Patrícia
    A glória dos corpos menores / Patrícia Lima. - 1. ed. - Rio de Janeiro : Ed. SENAC Rio, 2024.
    120 p. ; 21 cm.

    ISBN 978-85-7756-537-5

    1. Contos brasileiros. I. Título.
                                 CDD: 869.3
24-94479   CDU: 82-34(81)

Meri Gleice Rodrigues de Souza - Bibliotecária - CRB-7/6439

À minha mãe, ao meu pai e aos que, não sabendo ler, me ensinam a escrever.

Com esta mania de grandeza:
Hei de monumentar as pobres coisas do
chão mijadas de orvalho.

Manoel de Barros

Tão bonitinha

O aluno, com eterno ar de sono, tinha dito um pouco antes do intervalo:

– Que bom seria ter uma avó como a senhora, assim, tão bonitinha!

Quem disse que ela queria ser avó de um menino chato daqueles? Ela levanta a cabeça do vaso sanitário, aturdida pelo pensamento abrupto e o gosto de vômito na boca.

Ao voltar à sala, os alunos estão conversando em grupos dispersos. Ela bate o apagador na mesa. Nada. Bate novamente.

Uma aluna tímida da primeira fila é a única a reparar:

– Pessoal, pessoal, a professora!

Tinha sido fácil gostar deles até ali, ser a professora avozinha. Essa coisa meio assexuada que as velhas viram, sobretudo se forem atenciosas e limpas. Entretanto, nos últimos tempos, algo tinha mudado. Aborrecia-lhe Gabriel e sua mania de perguntar o que era "obtuso", como se aquilo fosse engraçado. Cansava-lhe Aline e suas lições entregues com letra gorda. Vinha ignorando as reclamações de Marina sobre os meninos. Parece que a achavam feia, ou chata, ou os dois.

Vira-se e escreve na lousa: Queda do Império Romano. Não é o que manda o cronograma, mas é o que ela quer ensinar. Faz uma lista de tópicos: corrupção, instabilidade política, instabilidade econômica, invasões bárbaras.

– É incrível pensar que um dos maiores impérios da história declinou e se desfez em um período tão curto de tempo.

Os alunos bocejam, alguns trocam bilhetes entre si. Ela dedica um tempo à invasão do território romano pelos povos bárbaros. Alguns alunos riem ao ouvir a palavra "vândalos".

Ela tosse, sente o estômago pedir saída, mas segura.

Ao terminar as aulas da manhã, para em frente ao mural principal, ao lado da sala de reuniões.

Há cartolinas com desenhos e colagens, avisos de reunião de pais e mestres, chamadas para conselhos de classe. Ela acha que, por mais que mudem o que é pendurado ali, a imagem é sempre a mesma. Busca um café na sala de reuniões, milagrosamente vazia a esse horário. Sente-se aliviada por não ter que cruzar com nenhum colega e ser obrigada a ouvir coisas como: "A senhora não vai se aposentar? Haja coragem para continuar. É preciso ter cuidado na sua idade, não?"

O cheiro de café se mistura à tinta fresca da reforma do pátio principal, o que seu aparelho digestivo considera insuportável, e ela resolve almoçar em outro lugar. No ponto de ônibus, senta-se e espera, sem saber para onde levar o corpo antigo.

Lembra das mãos hidratadas do médico segurando o pacote de exames. Num corte de cena, aquilo poderia se transformar numa fotografia em branco e preto bastante sofisticada, mas a cena era de um mau gosto completo. A assepsia do consultório, uma completa afronta aos pacientes que viam mais vômito do que gente pelos dias. As paredes lisas de cor creme, o cheiro de pinho, as secretárias dizendo coisas tristes com um sorriso no rosto...

Ela puxa um lenço para perto da boca e tosse. Ao levantar a cabeça, pensa em algo inusitado: não dará as aulas da tarde. É isso. Ninguém vai morrer por sua falta, simplesmente chamarão um substituto ou darão uma atividade inespecífica para os alunos.

E não compartilhará seu estado de saúde com ninguém. Pronto. Alunos, colegas de trabalho, irmã, todos vivendo a realidade, enfim, como se a morte não estivesse à espreita. E como se ela fosse uma bonequinha velha. Se suas células avariadas não disseram nada por si, se ninguém notou seus vômitos, palidez, emagrecimento, não seria ela quem o faria.

Fodam-se eles. Essa seria sua vingança.

Um bem-estar começa-lhe a cutucar a ponta dos dedos e ruma ao centro de seu corpo. De súbito, parece incrível que tenha um resto de vida sem a intromissão de ninguém. Sem explicações ou caras de comiseração.

O ônibus Ferreirinha veio chegando – era o que ela tomava há mais de dez anos. Desde que José falecera, ela não usava mais o carro. Tinha a habilitação para dirigir, mas não a coragem. Sentada naqueles altos bancos, inspirou por anos o cheiro das fumaças da cidade e viu pessoas se despedindo de seus trabalhos, suadas, falantes, aflitas de sol. Dali viu diariamente o portão azul descascado de Adelaide, sua irmã. Por um tempo teve raiva, em outros saudades. Desde a grande briga, a irmã não a tinha procurado, o que mostrava que devia estar ótima com sua família de margarina e seus vizinhos bajuladores. A irmã sempre tinha se valido de sua beleza física, seu carisma. Os cabelos aloirados migraram sem muitos dramas para as faixas grisalhas. Se o amor e as amizades nunca tinham sido um problema para Adelaide, imaginou que com o envelhecimento não seria diferente.

Em dois minutos, veio o Hugo Freire, ônibus da frota antiga que ela nunca havia tomado. Lembra de alunos dizendo que era o ônibus que levava até a casa deles, que fazia um caminho longo e sinuoso, passando por uma boa parte dos bairros de periferia. Ela não tem por que demorar mais e correr riscos. Mas, ora, se for para pensar em riscos e razões, ela não tem por que ter recebido do médico de mãos hidratadas a notícia que recebera, não é mesmo?

Deu o sinal.

Cumprimenta o motorista e apresenta o cartão de idosa, de modo que a passagem lhe é liberada. Num dos primeiros assentos está um homem que parece ter mais ou menos a sua idade, um homem que sorri sem motivo para a tarde que se inaugura. A pele negra descansa sob o sol alto, os cabelos encaracolados e brancos expandem-se assimétricos. Ela se senta ao seu lado, apertando a bolsa entre as pernas.

O ônibus entra na avenida principal. Pelo vidro, ambulantes apinham-se, confirmando uma terça-feira comum. Mulheres gritam o preço das roupas em frente às vitrines. Ela sempre admirou mulheres com coragem de gritar o preço das roupas.

O homem se move no banco, encosta o braço no seu.

– Opa, desculpa.

– Imagina.

Ela sente um arrepio. Abre a bolsa e procura por um batom no fundo do tecido.

— Tarde quente, não é? Ela diz, passando o batom vermelho sem muito traquejo.

— Sim, sim. Estou suando mais do que o normal até.

Passa o batom no lábio inferior, procurando em seguida um reflexo possível. No vidro sujo do ônibus, encosta um lábio no outro até sentir que a vermelhidão lhe agrada por completo. Olha-se um pouco mais, rosto sulcado e olhos de um azul transparente. Apesar da idade e da doença, é bonita.

Ao lado, um outro reflexo se sobrepõe. O homem a contempla, confirmando a beleza que de dentro se firma num quadro de moldura imprecisa. Estão conectados pela vida em sol e cimento. São animais velhos da mesma linhagem.

O corpo deles se alarga no banco. O ônibus os embala numa toada constante, entre o cansaço e a contemplação das ruas. Entram num bairro de passagens estreitas e íngremes, com meninos descalços correndo pelas calçadas. Ela nunca havia passado por ali, talvez tivesse se escondido, esses anos todos, das partes mais sujas e recônditas da cidade. Pensa em qual seria o nome do homem. Antônio. Ou Rubens. Tinha sido pedreiro e há pouco se aposentado. Devia ser viúvo. De terça-feira tomava o ônibus até o centro para visitar a filha e o neto. Voltava animado por ter visto o menino balbuciar algumas palavras novas. Ao chegar em casa, tomava banho, fazia um macarrão com qualquer coisa e zapeava pela TV, procurando um filme qualquer para dormir antes de chegar na metade.

 Ela acorda com uma virada brusca, o ônibus está entrando numa viela tão estreita que parece impossível que passe sem bater. Mas passa. Quando olha para o lado, Antônio (ou Rubens) não está lá. Ela levanta os olhos e vê que ele está prestes a descer, o braço a segurar o apoio em frente às escadas. Ele é mais baixo do que ela imaginara, as mãos mais negras, os dedos bonitos. Há um pequeno símbolo em sua camisa, um sinal discreto que faz a peça particular: um brasão do Palmeiras bordado numa camiseta branca, algo que poderia ter sido feito por uma esposa. Mas quem poderia dizer?

Levanta e o segue.

Ela agora pensa em como seria mais solta e alegre se tivesse tempo. Caminha atrás do homem enquanto avista mulheres descendo as ruas em saias coloridas, dispostas a espantar o calor. Ela gostaria de tomar mais cerveja em mesas vermelhas como essas em que há amigos do homem, os quais ele cumprimenta com intimidade, sem beber nenhum gole, entretanto. Ela pensa que poderia dançar músicas que não sejam essas clássicas que ela costuma ouvir sozinha em casa. Não acha que pode dançar funk – como fazem os meninos do outro lado da rua –, seria pedir demais de uma velha bastante debilitada. Mas talvez uma música mais animada, talvez alguns passos menos retesados.

Senta-se na guia da calçada e toma um gole da garrafinha que leva na bolsa. O homem caminha por mais duas ruas estreitas e entra numa casa verde de portão descascado.

Ela espera alguns segundos, avaliando o entorno. Tem medo de ser vista, mas só há crianças gritando e correndo atrás de uma pipa a muitos metros dali. Aproxima-se do portão e empurra devagarinho a ferragem. Ajoelha-se com dificuldade sob uma janela branca, no intuito de escutar os movimentos de dentro da casa. Armários abrindo e fechando, molho de chave sendo jogado sobre uma superfície de madeira. Passos e silêncio. Um chuveiro sendo ligado.

Aperta a bolsa no peito e caminha em direção ao que imagina ser a porta da sala. Um sofá de três lugares, a televisão ligada. Entra num corredor, à direita um quarto com um espelho alto. Apenas roupas masculinas no quarto, certeza que é viúvo. Ao ficar de frente para o espelho, assusta-se com a bagunça de seu próprio corpo. Descabelada, olhos vivos, a blusa cheia de poeira. Olha em volta, um prazer imenso. Mira-se novamente no espelho. Solta os cabelos, derramando-os sobre as orelhas. Linhas finas e muito azuis irradiam de seu pescoço. Abre as mãos: longas, cheias de vincos. É, sim, uma mulher viva. Retira o colar com um pingente turquesa, deixando-o sobre a cômoda, ao lado de um isqueiro. Levanta a blusa amarela até deixar o corpo branco à vista. Descalça as sapatilhas, sentindo o piso frio eriçar seus pelos ralinhos. A saia creme é a última a deslizar.

Os dedos finos abrem a porta do banheiro. Um bafo quente de vapor faz seus olhos arderem. São bonitos os movimentos de homem a se lavar, sombreados na réstia de luz que entra pela janela. Ali mais um espelho, dessa vez retangular – desses comprados em lojas populares de utensílios. Acaricia o próprio braço, depois a barriga, um afago tardio de sua existência.

Abre o pequeno box onde o homem nu se ensaboa. Seus olhos negros estão assustados e limpos, imensos como aquela tarde.

Quarenta e sete

O Bigode era o garçom da vez e deixou o colar no jeito.

– Valeu, patrão!

Dedo observava o movimento do bar enquanto sentia as gotas frescas da cerveja descerem a garganta. As mesmas caras de sempre: o padeiro, entre um gole e outro, falava sobre a decadência do Corinthians. Eduardo, filho do Pascoal – mecânico que costumava arrumar o carro por um preço camarada –, ria feito maritaca na companhia de outros moleques. É brinco que alarga a orelha, camisa apertada, cabelo meio raspado, meio sem raspar. Uma veadagem sem tamanho! A imagem o deixou mal-humorado por um tempo. Gesticulou chamando a atenção do garçom para seu copo quase vazio, mas, antes disso, os amigos despontaram na esquina.

Atrasados, hein? Dedo simulou seriedade ao apertar a mão de Dom e dar um abraço meio desajeitado em Caio. Os três puxaram as cadeiras vermelhas de plástico e se sentaram.

Caio e Dom eram amigos de adolescência. Os três haviam estudado juntos no fundamental e mantiveram a amizade após a formatura. Caio tinha se tornado pedreiro e Dom, entregador de aplicativo. Dedo foi o único a finalizar o ensino médio, a punho, por muita insistência da mãe. Depois virou uma espécie de faz-tudo na empresa do tio, um cavalo de carga com algumas regalias, ele mesmo dizia. Costumava se gabar por ser o único que não precisava bater o ponto e poder usar o carro chique da empresa para resolver coisas pessoais, como levar compras de mercado para casa, ir ao médico, coisas assim.

Eles se encontravam no bar toda terça às seis para jogar sinuca e beber. Era um ritual sagrado.

Dedo notou em Dom uma cara de quem comeu e não gostou. Ficou incomodado: não gostava da sensação de ter alguém sério demais numa mesa de bar. Tentando comparar os comportamentos, olhou para Caio, que, sorridente, pedia uma porção de amendoim e cumprimentava o dono do bar.

Dom tá estranhão, pensou. Talvez fosse o corre--corre do trampo, fazer entrega nessa cidade apinhada de gente, carro, busão, cachorro, fumaça, não devia ser nada fácil.

Sem saber o que dizer ou para onde levar seu desconforto, resolveu:

– Desce mais duas geladas para essas bichonas aqui, seu Bigode!

*

– Só um minuto!

Botou a rasteirinha e correu para o portão. Com o cabelo suado e o avental ainda acorrentado ao corpo, Maria abriu o trinco, correu as ferragens e abraçou a visita.

– Chegou mais cedo hoje, mulher!

– Vim direto do trabalho, precisava muito te contar a novidade!

Com o suor do corpo marcando o uniforme do restaurante Hora da Fome, Sônia a cumprimentou.

Entraram as duas pelo quintal florido. Na cozinha, Sônia acomodou-se, retirando os restos do café da tarde da mesa. Maria pegou dois copos americanos e os encheu de água gelada.

— Pois me conte tudo.

Sônia enterrou os dedos vermelhos no copo cheio d'água, desatenta à própria excitação:

— A Carol já está com outro.

— Como assim? Quem te disse?

— Eu vi com meus próprios olhos. Eles estavam juntos no ponto de ônibus de manhã. Homem e mulher juntos de manhã só pode significar safadeza na noite anterior.

— Ela mal esperou a cama esfriar, hein?

— Nem me fale. E o Dom, hein? Se danou.

— Olha, vou te falar uma coisa que nem é por maldade nem nada, que Deus me perdoe por pensar nessas coisas: mas sempre achei que ela tinha mesmo cara de vagabunda!

*

Dom observava o fundo do copo vazio. Caio e Dedo se olhavam sem saber como reagir àquele abatimento súbito.

— Que foi, mano?

— Uns problemas aí.

– Não vai me dizer que ainda está pensando na ex? – Caio rodava o giz no taco até deixar a ponta gorda de azul – Olha quanta mulher já passou nessa rua hoje, mano! Tudo mulher do bairro, de fácil acesso. Não dá para ficar nessa pior!

– Não é isso. Quer dizer, deixa para lá. São uns problemas do trabalho.

– Que tipo de problema?

– O aplicativo não converte mais como antes, a moto dá mais gasto depois de um tempo de uso. Quer dizer, nada é como antes.

Dedo organizava as bolas sobre o tecido verde, tinha acabado de perder mais uma partida para Caio. Dom passou os olhos sobre a cena, bebendo de goladas.

– Bom, nós vamos jogar mais uma partida! Vê se levanta esse cu e vem jogar com a gente!

*

O cheiro de alho frito vindo da casa vizinha fez Maria lembrar que era hora de colocar o arroz no fogo. Mateus chegaria com fome, era melhor se apressar.

– Janta com a gente, amiga! E me diz: o namorado novo dela ao menos é bonito?

– Tem uma cara de pamonha, mas até que é simpático.

– Olha, eu jurava que ela voltaria para o Dom.

– Parece que o negócio foi sério, ela não quis mais mesmo.

– É. Mas tem mais coisa. O Dom só trabalhava e bebia. Deve cansar homem bêbado em casa.

Enquanto ouvia a amiga falar, Sônia olhava o retrato na parede da sala. A imagem em preto e branco fortalecia os traços do marido já falecido da amiga. Maria parecia bem mais jovem do que ele no retrato. O marido morrera cedo, deixando dois filhos pequenos. Um de Maria e outro daquela que não era citada. Maria havia descoberto a existência do bastardinho (era como ela chamava o rapaz, nunca na frente de Mateus) somente no dia do velório, no colo da outra, que chorava descompassada.

Sônia olhou para Maria, curvada sobre as cebolas, sabia que a amiga chorava nesses momentos. E assim foi. As lágrimas desceram delicadamente sobre seu rosto, sendo sugadas em seguida por um avental com imagens de abóboras. Sônia quis perguntar se ela achava que Mateus conseguiria lidar bem com a situação delicada em que seu irmão se encontrava. Dom e Mateus eram pontes erguidas em meio a escombros. Sempre juntos, muito ligados, a despeito da vontade das mães, que nutriam o ódio das enganadas.

Preparou-se para falar algo, mas foi interrompida pelo bater do portão. Era Mateus chegando.

— Filho... Oi, né?

— Oi, mãe! disse Mateus, passando direto pela cozinha.

— A janta tá ficando pronta.

O cheiro do tempero o entreteve por um momento. Associava-o à família, a reuniões e jantares simples com a mãe na mesinha redonda.

— Não vou comer em casa hoje, mãe! — gritou do quarto, com a mão entre as roupas bagunçadas no guarda-roupa. Nunca foi de ligar muito para organização, mas ali era outra história. Tateou uma calça de moletom, uma camiseta de algodão, meias, blusas. Vasculhou mais para o fundo, hesitou por um momento.

Talvez a mãe tivesse achado.

Sacudiu os braços, levando roupas para cima e para os lados, num lapso de medo. A garrafa rolou pelo chão, lacrada, da mesma forma que ele havia deixado. Colocou-a na mochila, verificou se os zíperes estavam bem fechados e virou-se para sair. Antes, observou as fotos organizadas no mural: ele e Dom em frente a uma loja de carros. Uma foto com a mãe, na sua formatura do fundamental. A foto do pai com ele recém-nascido. Só sabia do rosto do pai pelos retratos.

– Mãe, hoje eu volto tarde! Saiu como entrara – sem cumprimentar Sônia e sem olhar para a mãe.

– Como assim, vai sair sem comer, menino? Come um ovo frito, pelo menos! Maria ouviu o som do portão fechando.

– Amiga, você veja, ele está cada dia mais difícil... Sônia serviu um prato para a amiga e outro para si.

– Menino é assim mesmo!

– Só espero que ele ao menos coma alguma coisa pela rua!

*

– Nossa! Você só perde, cara!

Era a terceira derrota de Dedo. Caio ria enquanto tomava a quarta cerveja. Dom digitava algo no celular.

– Ei, mano, quer perder um pouco para mim? – Dedo aproximou-se de Dom, o passo vacilante, o hálito de cevada e fritura.

– Cara, vou ter que ir!

– Só mais uma cerveja, brother? Você está estranho e eu queria que você fosse embora um pouco menos estranho – Dedo tentou passar o braço em volta do ombro de Dom, que se esquivou.

– Estou assim por causa desse trabalho desgraçado! E apontou para o celular, como se o aparelho justificasse por si só o problema.

– Beleza, irmão, vai pela sombra!

Dom deixou uma nota de vinte reais sobre o balcão, caminhou até a moto, pisou forte no acelerador e seguiu, noite adentro, pelas ruas estreitas do bairro.

*

As ruas desarranjadas e curtas faziam Mateus ter a sensação de estar num labirinto. A escuridão dava uma certa segurança, sentia-se invisível frente àquelas casas de luzes baixas, já tomadas pela aura do cansaço.

Duas à esquerda, uma à direita, subir a rampa e chegar na Paulo Honório. Esperar sob a folhagem larga da árvore. O irmão tinha dito: ruas vazias e cheias de árvores são ótimas para encontros escusos. Mateus tinha repassado tantas vezes aquele caminho na cabeça, agora era como se estivesse repetindo um caminho e não o experimentando pela primeira vez.

Viu um vulto. Era ele.

Os olhos de Dom estavam sombreados, cheios de uma raiva contida. Mateus lembrou das vezes em que brincavam no parque central do bairro, sob os olhares atentos e nada aprovativos das mães. Dom sempre vencia. Competitivo ao extremo, empenhava forças desconhecidas no pega-pega e no esconde-esconde. Mateus até queria ganhar, mas não se esforçava muito para que o irmão não ficasse chateado. No fim das contas, nem era tão importante assim vencer.

— Você conseguiu o querosene?

— Muito melhor que isso, consegui benzina. Um amigo está cursando técnico em farmácia e me disse que é muito mais inflamável e não tem cheiro.

— Ótimo!

— Você tem certeza? — Mateus sentiu nas mãos o formigamento dos momentos críticos.

— Tenho!

— Em quanto tempo você chega lá?

— Em vinte minutos, no máximo. E você, em quanto tempo finaliza?

— Cinco minutos. O fio principal fica a duas ruas daqui.

— Vou indo – Dom colocou a garrafa na mochila.

— Sorte, irmão!

Mateus o puxou para um abraço, que seria evitado por Dom em dias comuns. Ele deixou, entretanto, o corpo quente do irmão mais novo colar-se ao seu. Quis chorar e dizer que se sentia muito grato por ter alguém como ele para chamar de família, alguém em quem confiar. Disse apenas para

Mateus voltar para casa e não falar nunca mais sobre aquilo.

*

Levava a lata de benzina e o passado consigo. A mochila balançava, acompanhando as passadas firmes e simétricas. Pensava em como estaria daqui a um ano. Certamente menos pesado, mais feliz. Não há maneira de a vida ser boa para ela e não para mim, não assim. Não é digno, as coisas ficam desencontradas, a minha cabeça não fica boa. Nenhum homem pode entrar na minha mulher sem que eu viva a desgraça.

Então um estrondo, tudo se escureceu. Mateus tinha sido pontual.

Ouviu os gritos dos moradores, que reclamavam da companhia de luz. Mesmo no escuro, reconhecia bem o caminho: à direita era a Bento Santiago, uma descida longa à frente e, então, seria só virar à esquerda e esperar o movimento acalmar. Estava eufórico, sentia-se homem.

Em poucos minutos, os ânimos do bairro foram arrefecendo. Ele já não ouvia tantos gritos de insatisfação. Mais alguns passos pela rua de terra e conseguiu ver a casa de pintura rosa e descascada. O portão sem cadeado e entreaberto confirmava o descuido previsto dela. Algumas coisas nunca mudam.

Entrou discretamente.

Abriu a lata e, em menos de dois minutos, despejou seu conteúdo em um círculo na garagem, ao redor e sobre o fusca. No corredor lateral, produziu um filete de benzina até a janela da cozinha, aberta como ele previra. Lá, uma grossa cortina o esperava, sedenta pelos últimos goles. Seu labirinto estava formado.

Caminhou lentamente para fora da casa, uma segurança súbita invadia seus tecidos. Ao passar pelo portão, o clique no cadeado. Dali ninguém saía, não sem ter que voltar para pegar a chave dentro de casa. Sacou do bolso a caixa de fósforos. Da calçada, admirou a lua cheia, que o ajudava a enxergar com clareza o número da casa tão conhecida por ele: quarenta e sete. O número do amor. Ou da morte. Tanto faz.

*

Maria acendia a segunda vela, enquanto Sônia gotejava parafina quente em um pires. Não precisavam combinar, sabiam o que fazer nesses costumeiros momentos de falta de luz. Sentaram-se de frente e se olharam com um breve temor. O fogo eliminava o pavio com gula e, enquanto Maria pensava onde estaria o filho, Sônia se preparava para falar algo:

– Acho que, no fim das contas, concordo com você: a menina é uma vagabunda mesmo.

O pavio queimava, convocando estalos que pareciam marcar o arrastar dos minutos. A parafina se deixava consumir por línguas vermelhas e azuis, liberando seu líquido no pequeno abrigo de onde emergia o pavio.

A pequena cena hipnotizava as mulheres, que já não mais se olhavam, suspensas em pensamentos. A cada gole de chama, a negridão vencia e as velas, antes brancas e gordas, foram ficando esguias, comidas, esqueléticas.

Frade

Os latidos ecoam, mas nenhum morador do pontilhão sabe qual cachorro faz a madrugada ganhar som. A alguns metros, Frade late para uma rua já vazia. Rouco, senta sobre as patas traseiras e observa as luzes dos carros virarem pontinhos na imensidão da noite.

Não faz ideia do que acontecera nos últimos minutos. A tanto som e tanta luz, talvez uma festa. Ele já tinha visto luzes como aquelas, alternadas e reluzentes, pelos botecos e boates do centro da cidade. Eram momentos em que Tomé colocava uma coleira velha em seu pescoço e dizia: é hora de nos divertirmos um pouco, camarada! Nessa hora, a euforia dominava as patas curtas. Ele corria em torno de si, o rabo um rodamoinho a varrer o ar.

Mas nesse momento nada o remetia às festas pelo centro da cidade. Ele tenta retomar os acontecimentos, um a um, não sem certo esforço: sua cabeça não é dada a abstrações. Dois homens: um deles alto, mãos rápidas, nervoso. O outro pequeno, com cheiro de roupa velha. Ambos com botas pretas e barulhentas e cintos pesados segurando barrigas pontudas. O homem alto, em um momento, apertou o rosto de Tomé nas mãos – um rosto sujo e gentil que Frade conhecia tão bem.

– Fica tranquilo, amigão! Tomé disse a Frade.

– Fica tranquilo, sim – o homem–cheiro-de-roupa-velha apertou a orelha de Tomé com uma raiva de anteontem.

O rosnado veio surgindo aos poucos, em crescente vibrato. Houve vontade de morder as botas pretas e barulhentas, houve caninos crescendo no contraste com a gengiva arroxeada.

– Tá tudo bem, cara! Tá tudo bem, Frade! – Tomé insistiu.

Frade tentou manter o corpo retesado por um tempo, mas a verdade é que não tinha inspiração para o ódio, sua natureza era macia. As mandíbulas arrefeceram, as orelhas foram descendo amolecidas.

Tomé ajoelhou no asfalto, entregue. Um fio de sangue correu de seu lábio inferior. Frade pateou uma, duas vezes ao seu lado. Não sabia se eram as palavras ou o tom de voz utilizado por Tomé. Soltou então as amarras que prendiam sua musculatura, o corpo autorizado a implodir naquela alegria de cachorro. Meteu as patas nos ombros de Tomé, o rabo hélice de asfalto. Os homens olharam a cena em silêncio, talvez em respeito ancestral àquela conexão.

Ele não deve ter ido para muito longe – Frade desce pela avenida São João, num tique-tique discreto. Os canteiros com aroma de urina e cerveja o guiam. Aproxima-se de um núcleo com maior concentração de moradores de rua, na expectativa de encontrar o amigo. As barracas estão fechadas e os cobertores, imperturbáveis.

Ele resolve atravessar a avenida principal, o movimento é quase zero. Enfia a cabeça entre janelas e portas de bares cujos fregueses já não sabem quem são ou para onde devem voltar.

Talvez Tomé tenha sido deixado em um canto e só Frade possa ajudá-lo. Talvez o tenham largado por aí ao perceber que se trata apenas de um homem de um cachorro. Se Tomé tiver feito, por fim, amizade com os homens de roupa preta e tudo não tiver passado de um momento de confusão.

Se...

— Sai, pulguento — o dono do bar expulsa-o com a vassoura, pouco afeito a difusas reflexões caninas.

Frade volta lentamente ao seu canto de dormir. Mexe com o focinho na manta, emaranhada em chinelo, isqueiro e um pacote de bolachas velhas. Raspa-a até achar que está desorganizada o suficiente. Ajeita o corpo até virar um rolinho amarelo. As pálpebras pingam, exaustas. O alvoroço interno amansa aos poucos e os olhos fecham de vez.

*

— Tá preso, maluco!
— Mas patrão, não! Eu ganhei esse dinheiro aí!
— Olha lá, Correia, agora tem gente que dá cin-

quentão pra vagabundo! Uma risada grossa e então uma pancada.

*

Frade acorda ao som da betoneira. Corre atrás do próprio rabo, late para alguns passantes, uma moto passa cantando pneu. Só se acalma após beber três minutos de água da sarjeta. Pelo movimento da rua, devia ser o horário de ir à padaria. É o que faz.

Ao ver o cachorro sozinho, o padeiro – que limpa o balcão – pendura o paninho no ombro, alisa a barba:

– Ei, Amarelo, cadê seu dono?

Frade firma os olhos em direção à rua e o homem – imaginando algo trágico no gesto – despeja arroz e gordura de frango num pote de plástico.

Sentado em uma das mesas da padaria, um rapaz de maleta no colo se interessa pelo cão.

– Esse daqui? – diz o padeiro, com suposta propriedade – é o cachorro de um morador de rua. Os dois são conhecidos aqui no bairro.

– E por que tá sozinho?

A fome de Frade já é uma parte de seu corpo. Ele morde, mastiga, engole, ouve zunidos de moscas, mastiga, engole, homens falando, mastiga, engole.

– Talvez tenha se metido em encrenca. Às vezes tem briga aqui, eles – o homem aponta para o pontilhão – vivem brigando entre eles.

– Mas, coitado do bicho – diz o homem da maleta, sem concluir o raciocínio.

Frade lambe as beiradinhas, não deixa sobrar um pingo. Agora morde o ar, sem sorte – as moscas continuam o perturbando. O homem da maleta lhe oferece a mão e Frade a cheira desconfiado – não consegue reconhecer nenhum odor familiar. O padeiro lava copos enquanto assovia uma música triste. O homem vai embora sem dizer mais nada.

Frade olha para a rua, não sabe ser outra coisa senão um cachorro que vai ao semáforo. Foram tantas manhãs e tardes na Barão de Campinas, fazendo graça para crianças e mulheres, correndo atrás de motos, pulando na lataria de carros. Até o fim da manhã, Tomé teria falado com praticamente todos os motoristas que paravam nas primeiras três fileiras durante o vermelho do farol.

— Desculpa incomodar, chefe, mas eu e meu amigo tamo querendo almoçar hoje. Ajuda nóis com uma moeda?

Os moradores dali conheciam Frade como Amarelo. Talvez só o próprio dono o chamasse pelo nome oficial. Tinha o nomeado em homenagem a um frei que fizera um trabalho social há alguns anos por ali. Quando o cachorro apareceu, um filhote mais focinho do que cara, Tomé se irritara com os furtos de comida na lata de goiabada.

— Sai daqui, folgado! Não trabalho para sustentar cachorro!

Exatamente nesse período o tal religioso deu algumas palestras aos moradores de rua da região e, dentre muitas coisas que falou, ficou para Tomé a ideia de amizade. Como resultado, a lata de goiabada foi transformada em utensílio. Era agora o prato de Frade.

E singelo foi o batismo:

— Frei é nome de fêmea, você vai se chamar Frade!

Às vezes os conhecidos perguntavam:

— Cadê o Amarelo?

Tomé se aborrecia:

– O bicho não nasceu colado em mim, não!

Frade caminha até a Barão de Campinas. Fica ali olhando o movimento, os carros passando sem susto. Em alguns momentos arrisca pular nas latarias, muitas vezes sem sucesso – na febre do dia os afagos são esporádicos. Ele investe em todos os tipos de carro, um cachorro democrático, que se interessa igualmente por Unos e Hyluxes.

À noite, vagueia por padarias e restaurantes do bairro. Os donos o alimentam, compadecidos com o sumiço de Tomé. Depois de uns dias, entretanto, começam a espantá-lo com vassouras e gritos, de forma que ele se transforma em apenas mais um espectro do centro de São Paulo, a fome sua melhor amiga, como a dos cães que ele sempre vira por ali na região, cheios de pulgas e feridas. Famílias de cachorros de pelo e carne estropiada, reunidos em diversas esquinas. Há uma família de estopinhas com a qual ele se identifica, tem vontade de se aproximar, mas, toda vez que tenta atravessar, um deles, de pelagem branca e fuço preto, rosna, expondo os dentes cariados. Frade abaixa o rabo e volta para sua cama sob o pontilhão.

Ele segue indo à Barão de Campinas diariamente, é um soldado que não sabe sair do roteiro. A todo dia sua fome traz uma condição nova, alguma coisa que ele não sabe nomear, uma espécie de buraco no tempo. Passa a ter flashes de lembranças. As memórias começam fracas, mas, depois de alguns dias, saem-lhe do cerebrozinho feito borboletas alvoroçadas.

Um fiozinho de sangue da boca de Tomé no dia de seu sumiço. Mãos grossas fazendo-o gritar. No mesmo dia, um pouco antes, Tomé falando com um homem loiro cheio de pratas no punho, o carro cinza de lataria batida. O homem loiro imitando o jeito de Tomé falar, dando risada junto à moça do banco de passageiro.

Coceira, muita coceira – Frade bate a pata na orelha e a memória se transforma em outra. Tomé falando com os motoristas, muitos fechando o vidro antes mesmo de ele chegar. Tomé, feliz ainda assim, tinha recebido um papel alaranjado do homem loiro.

– É, parceiro, hoje a gente vai almoçar!

Frade nem sabia que existia espaço para tantas memórias dentro de si. Mantém-se sentado na calçada de sempre, as patas traseiras firmes no concreto irregular. Com o sol que faz, seus músculos são borrachas derretidas.

Um carro vira lentamente a esquina. A janela vai se abrindo e, de dentro, um homem loiro acende um cigarro. Frade reconhece a boca retorcida dele, mas o carro é diferente. Um carro branco sem as marcas de batida. Ele coloca a mão esquerda para fora. A prataria com uma cruz pendente.

O cachorro levanta as orelhas como se notando um predador ancestral se aproximar.

– Patrão, eu vivo na rua há anos ...

– Não precisa falar mais nada, toma aqui. Isso deve te ajudar!

A nota alaranjada, depois o olhar para a mulher ao lado. A gargalhada.

Frade não sabe por que caminha em direção ao carro, uma luz primitiva e irresistível se acende nele. Os dentes brancos do homem, o papel, o cheiro de borracha que o pneu deixou. Depois dois grandões chutando Tomé com botas pretas. E nunca mais Tomé em sua vida.

– Ladrão do caralho! Te denunciaram por roubo, seu merda!

A mandíbula do cachorro enrijece, os caninos trincam. Dessa vez seu desejo não arrefece. Se seus antepassados não lhe garantiram uma inteligência iminente, transmitiram a ele, ao menos, o benefício da ira. Era suficiente.

Duas da tarde. De outros carros, motoristas viram-se para olhar o cachorro se aproximar do braço que pende para fora da janela.

Frade então soube.

É sangue

– A moça nova mudou sozinha, você viu?

– Pra vaga de cozinheira?

– Não, pra de mecânico!

Dizem que tem mulher fazendo de tudo por aí, mas ser mecânica de colheitadeira era a primeira vez que eu ouvia falar. Lembro de ter pensado algo assim, um prendedor entre os dentes, o tronco vacilando na tentativa de manter todas as roupas sobre o ombro.

As outras mulheres foram chegando. Os longos varais oscilavam sob o peso das calças pesadas jogadas sem concentração. O assunto se espalhou feito fogo no milharal. Entre uma frase e outra, elas riam abismadas com a imagem de uma moça segurando motores com as mãos sujas, subindo em rodas enormes, o corpo por entre janelões com acesso a fios de toda sorte. Como pode? E o mais curioso: dando ordens para homens! Algo espantoso demais para elas acharem bom, de modo que começaram logo a odiar a moça, antes mesmo de ela chegar.

Só voltei a pensar nisso no dia em que ela apareceu em frente à minha varanda:

— Bom dia, vizinha!

Levantei a cabeça, olhei para os lados, como se houvesse qualquer outra pessoa com quem ela pudesse estar falando.

— Meu nome é Soraia. Precisando de algo, é só bater lá em casa, viu? E sorriu de mostrar os dentes.

Eu não estava acostumada com mulher mecânica nem com vizinha simpática assim. Fiquei ali por um tempo, fingindo varrer os canteiros do alpendre. Como ela insistiu no sorriso, me vi obrigada a dizer algo.

— Ah, sim. Meu nome é Eva.

Pois que eu realmente precisei bater na casa da moça alguns dias depois.

Há um tempo vinha acordando com dor de cabeça, umas bicadas de pica-pau nas têmporas. E Ronaldo era, enfim, um homem difícil. Quase nunca fazia as coisas que eu pedia, como buscar comida e remédio no mercadinho. Dizia que já tinha feito a compra do mês, que o grosso da alimentação estava ali, que ele trabalhava o dia todo, que precisava de um pouco de silêncio na cabeça e não ia tirar o caminhão do estacionamento só para buscar um comprimidinho.

Foi assim que calcei as sandálias e saí em direção à moradia dos mecânicos.

– Soraia! – chamei depois de limpar a garganta. Ela saiu à porta, eu com aquela cara de nada.

– Oi, moça! Sou eu, daquele dia.

– Lembro de você. Eva, né?

– Você por acaso tem uma dipirona? Tô acabada de dor.

– Claro. Faz o favor de entrar!

Fui subindo as escadas estreitas de madeira. Ela se aproximou e me beijou na bochecha. Ajeitei minha saia para não parecer desmazelada.

Ela usava um vestido azul de tecido fresco. Quando abaixou para me cumprimentar, o decote deixou entrever um colo liso rematado por seios bonitos. Fiquei observando o vestido balançando ao sabor do vento enquanto ela caminhava para dentro. Lembrei que tinha pensado nela, sim, há alguns dias.

Foi na terça-feira. O alarme da fazenda havia soado e eu fui olhar pela janela o movimento na plantação de milho. Qual não foi minha confusão ao ver aquele corpo diminuto movimentando o cinza pesado do uniforme de mecânico, um modelo que tinha sido usado por gerações de homens suados, interessados em fazer piadas, beber e jogar baralho ao fim do dia. Fiquei imaginando se ela era do tipo de mulher que gostava dessas coisas também.

Agora que a via de perto, metida naquele vestido que ondulava prazerosamente, as pernas livres e coradas, um cheiro de coisa doce no ar – me pareceu não só que ela não tinha nada em comum com os colegas de profissão, mas que não tinha nada a ver com aquele lugar.

A sala está meio bagunçada, é que ando sem tempo para limpar.

Não tinha nada fora de ordem, tudo era limpo e digno. Os móveis da casa bem distribuídos, as paredes amarelo-clarinho, sem excessos. Havia livros nas prateleiras da sala, coisa que eu só tinha visto na biblioteca dos patrões. A diferença é que os deles eram largos e de capa dura, parecidos com aqueles livros pretos que o povo vinha vender na porta de casa. Os de Soraia eram livros mais coloridos, uns tinham capa grossa, outros capa fininha feito caderno de criança. De livro em casa só tínhamos a bíblia, eu rezava com ela aberta de vez em quando, principalmente quando a dor de cabeça aumentava e eu temia que os miolos fossem estourar por dentro.

Ela tinha uma porção de quadros nas paredes. Quadro para Ronaldo era coisa de gente rica ou à toa. Soraia, até ali, não me parecera uma coisa nem outra.

– São de artistas da Bahia, ela disse notando minha curiosidade.

– Não sabia que você era da Bahia, não tem sotaque nem nada.

– É que já vivi em muitos lugares, fui pegando tanto sotaque que fiquei sem nenhum. Abriu um armário suspenso e pegou um comprimido. Encheu um copo de água. Sentou-se do outro lado da mesa e parou os olhos no meu rosto.

– Eu sou do lugar que estou. Já fui de longe, hoje sou daqui e sabe lá Deus de onde serei no futuro.

Movimentei os dedos como se sobrassem farelos na mesa. Ela observava meus gestos sem se mover, com uma curiosidade pacífica.

— Você já foi à Bahia, Eva?

— Não. Nunca saí de São Paulo. Na verdade, trabalhei na divisa entre São Paulo e Minas por um tempo, mas aos dezoito anos vim para cá com Ronaldo e nunca mais saí.

— Você devia visitar a Bahia um dia. Aquele lugar é o paraíso na Terra.

— Ah! E por que saiu de lá?

Eu mal tinha perguntado e já estava arrependida da indiscrição.

— Bem... porque precisava de trabalho e porque minha família não me queria por perto.

Tomei um gole de água, engolindo também um pouco de silêncio.

— Eu nem sabia que mulher podia consertar essas máquinas grandonas, sabe?

— Ora, se pode. Mulher pode fazer isso e mais um tanto de coisa.

Viramos amigas. Ela me falava sobre coisas que eu não conhecia. Por exemplo: não é preciso fazer faculdade para ser mecânica de colheitadeira, o curso técnico basta. Mas ela tinha feito Agronomia por gostar de aprender e por pensar em ter sua própria terra no futuro. Ela me explicou que, além das colheitadeiras, podia consertar pulverizadores e tratores. Disse que uma das coisas que mais gostava era de limpar as gargantas, deixando-as perfeitas para a filtragem.

— É garganta mesmo que fala? Eu ri, pensando naqueles médicos que enfiam o palito na nossa boca.

— Sim. E vou te falar que essa inflama bem menos que a nossa.

Ríamos.

Ela aumentou a frequência das visitas. Dizia que eu era a única mulher da fazenda a lhe dar confiança e, nesse passo, foi esparramando gostos e hábitos na minha rotina. Num dia, trouxe um livro de Jorge Amado que disse chamar-se *Terras do sem-fim*.

— Um presente para você.

Fiquei muda — acariciando a capa laranja enquanto meu coração se debatia aos pinotes.

Com frequência ela contava sobre sua vida na Bahia, e, em certos momentos, seus olhos ficavam úmidos e distantes. Ela recostava na janela, enrolava um cigarro. Ficava ali, quieta, por um tempo entregue a alguma paisagem interna. Depois voltava-se para mim, como um carro que retoma a partida sem dar aviso:

— Eu te contei que quando adolescente toquei em rodas de samba?

— Acho que não. Que instrumento você tocava?

— Pandeiro.

— De instrumento, só botei uma vez no colo a sanfona de meu avô!

— Posso tocar aqui um dia. Talvez eu consiga uma sanfona para você também.

Eu ficava em festa interna. Imaginava que não passavam de palavras, mas — ainda assim — eu não estava habituada a gastarem palavra comigo. Ronaldo tinha ficado muito silencioso nos últimos anos, era como se a terra fosse sugando ano a ano sua vontade de falar. A cada período de plantações de milho, soja, laranja, ele ia guardando para si um punhado a mais de palavra.

A ideia da sanfona ficou na minha cabeça, uma imagem feliz. Assim como outras que, Soraia, com sua fala animada, ia deixando em mim.

É certo que Ronaldo não gostou da amizade. Implicava com Soraia, ainda que apenas por meio de resmungos e frases entrecortadas. Eu já estava acostumada a traduzir seus grunhidos, mas, dessa vez, fingi não perceber o incômodo. Quando ele dizia alguma grosseria, eu virava meu pensamento para outro lado.

Em alguns momentos, eu até sentia vontade de explicar que eu me alegrava em vê-la entrando em casa, me chamando de "a vizinha boa", de ouvir suas ferramentas batendo na mochila, sentir o alvoroço das histórias contadas como se eu fosse todo um público. Nos dias de bom humor dele, eu me preparava para falar isso tudo, mas, antes que eu pudesse recobrar a coragem, ele dormia na sala, arrasado do trabalho.

Os dias passaram. Numa sexta-feira de uma semana chuvosa, uma plantação inteira foi perdida. Em semanas como essa, os trabalhadores ficam propensos ao cansaço, irritadiços. Por isso, não estranhei que Soraia não tivesse aparecido como de costume, devia estar ajudando na reorganização da terra.

Eu sempre trabalhei dentro de casa, Ronaldo dizia que eu nunca ia entender o peso de se trabalhar na terra, mas a verdade é que eu também ficava muito cansada nessas semanas. A vassoura parecia não dar conta da poeira da casa, os tachos pesavam nos braços. Terminei de cozinhar e esperei por Ronaldo com a janta feita, fiquei um tempo com as pernas apoiadas na cadeira, a gastura dos dias pesando nos calcanhares.

Ele demorou muito a chegar. Quando entrou, eu já cochilava recostada na mesa da cozinha. Ronaldo tirou as botas em silêncio, deslizando as mãos grossas nos fios da bota e os desamarrando.

Antes de sentar-se à mesa, ele passou a mão por alguns papéis sobre o armário que eu, distraída, esquecera de guardar.

– O que é isso?

– Um rapaz passou hoje entregando. Fiquei com os papéis, senão ele não ia embora. Ficava falando, falando.

– Biblioteca de Lindalva, como fazer o cadastro...

— Uma bobagem, essa gente de universidade que passa aqui às vezes, você sabe como é... Ajeitei a gola da blusa, mas não havia o que ajeitar.

— Você acha que eu sou burro? Isso só pode ser coisa de Soraia.

— E qual o problema se for?

Fiquei um pouco surpresa com minha audácia.

— Você acha que a gente daqui não comenta? Dessa amizade de vocês duas? Hoje eu demorei porque briguei no bar. Dois cabras fizeram comentários maldosos.

— E o que importa o que dizem?

Levantei-me, as palavras me vinham sem filtro e eu gostava dessa sensação.

O rosto de Ronaldo foi se avermelhando. Ele tirou o chapéu, jogou-o longe do mancebo.

— Você ainda não contou para sua amiga que é analfabeta?

Eu abri a boca, quis falar algo, mas travei. Ronaldo sabia que não ter aprendido a ler era minha maior vergonha, minha humilhação. Ele já tinha me chamado de feia, de atrapalhada, preguiçosa, já tinha dirigido insultos à minha comida. Mas a palavra analfabeta nunca tinha sido usada.

Soraia, em alguma das visitas, perguntara se meu marido fazia algo que me chateava. Como é o casamento, você gosta de ser casada? Eu nunca tinha pensado nisso, casar sempre fora o trato da vida, não havia o que pensar. Agora aquela mulher nova, aquela mulher de cheiro doce, seios de laranja madura, cheia de ideias e palavras gentis, me confundia as ideias. Eu senti raiva, sabia que era ela. Mas era eu também. A comparação era inevitável. Não havia conexão com Ronaldo há muito tempo, eu não me sentia ouvida, muito menos valorizada. Eu, que convivera tão bem com os silêncios e grosserias daquele homem – que, aliás, nem cheirava bem. Além de tudo, agora eu percebia que tinha dificuldade para dormir sentindo aquela catinga. Um homem que não se dava ao trabalho de tomar banho para dormir ao lado da esposa. E, agora, me chamava de analfabeta.

– Você não passa de um filho da puta!

E saí pela porta da frente.

Não sabia exatamente aonde ir, simplesmente quis deixar as pernas me guiarem. Era assim que as coisas se davam, não? Um passo atrás do outro.

A lua descia tímida e a escuridão só era interrompida pelas luzes vagarosas das casas dos trabalhadores. Os donos da fazenda moravam no fim da plantação e, enquanto eu rumava, tive medo de ser vista – desmascarada em minhas sandálias sujas. Cruzei o carvalho centenário, a represa, cheguei ao poço, a casa dos mecânicos já à vista.

Encostei na parede de tijolos do poço para descansar, o pulmão já surrado. Caminhar de sandália, noturna e sorrateira, fazia tudo parecer mais custoso. Ao parar e recostar ali, um fio de lágrima caiu, resoluto.

Olhei para dentro do poço, a escuridão era uma espécie de hipnose.

Minhas costas se enchiam de um suor gorduroso e me preocupei que meu cheiro pudesse denunciar meu paradeiro.

Será que sou mais bicho que gente? Eu não sei para onde ir, Deus.

Do matagal ouvi um barulho. Podia ser cachorro, capanga ou Ronaldo.

Fiquei ali, paralisada, o corpo encostado e a cabeça pendendo para dentro do poço. O som foi ficando mais próximo. Fui apurando o ouvido. Pelo passo, era gente – e, quanto mais próximo, mais manso parecia o andar.

Virei-me e minhas mãos foram imediatamente tomadas. Eu não sabia ler, mas a gramatura da pele eu reconhecia. O calor do toque me pôs em lágrimas pesadas e eu abracei o corpo que se punha à minha frente. Minhas articulações, rígidas de nascença, frouxearam no aperto dos tecidos.

– É sangue – Soraia disse, limpando meu rosto com um lenço tirado do bolso.

Sem entender, toquei meu rosto e depois olhei minhas mãos. O que eu pensava ser lágrima era vermelho, uma correnteza se espalhando pelas minhas palmas brutas.

– É sangue – Soraia repetiu sem surpresa, agora colocando minha franja por trás da orelha.

Aquilo devia ser um sonho, pensei. Como saber o limite entre sonho e desatino? Como medir a urgência do desejo em liberdade? Não havia como, e eu já nem queria. Só enxergava uma boca vermelha chegando perto da minha, mistura de sangue e redenção.

Casa antiga

Entra assustada com a aparência da casa. Papéis amarelados na mesa de centro, corroídos, com anotações à caneta preta. Rabiscos sentimentais permaneceram vivos naquele lugar. Na cozinha, poeira e notas fiscais de jantares com a família (pizzas de calabresa entre piadas e críticas).

No banheiro, o cheiro de lavanda e o espelho enevoado com a imagem de um rosto sem expressão. Era má, era gorda, era culpada pelos olhares que recebia. No quarto, um urso de pelúcia com nariz de plástico reclinado sobre o travesseiro sem fronha, esquecido há muito por ali. Um lençol de algodão sobre a cama sem ornamentos.

Seu salto soa sobre o piso de tacos, um som parecido com o que a sobressaltara tantas vezes de madrugada quando, cambaleante, ia ao banheiro. Tinha medo de abrir os olhos no caminho.

Ela lembra. Tinha medo de tanta coisa, de bicho, fantasma, extraterrestre, da mãe, de olhar para o próprio corpo e enxergar o monstro que há muito se anunciava. Medo de se abrir com alguém e, assim, sua falência se tornar evidente. No banheiro, vomitava e vinha o alívio. Era boa a sensação de esvaziamento do corpo, uma espécie de anestesia. Na volta para os lençóis, o medo ainda era um corpo estirado ao seu lado, mas agora menor.

Ela decide abrir o guarda-roupa do quarto e, então, novas memórias levantam-se como soldados à espreita: livros em desuso, remédios de asma, de dor de estômago e enxaqueca, todos vencidos. Roupas empoeiradas e mais livros. Há trilhos de cupins em boa parte deles – a palavra também serve aos insetos, pensa.

Procura entre os objetos algo que lhe distraia do odor que lhe remete às crises de asma e à sensação de fechamento da glote. Enverada-se pelos pertences, tirando-os com força dali. Tem vontade de espirrar e, agora, de vomitar. Depara-se com o que queria: cartas de amor, de amigos, um apito em formato de pássaro, verdadeiros relicários de afeto.

Ainda sob o efeito das contradições imagéticas, encontra a caixinha de música que ganhara da primeira grande amiga: um objeto verde, que, quando aberto, expunha um espelho horizontal entre dois espaços destinados a pequenas joias. Em vez de joias, dois pequenos cisnes perolados, com subímãs que permitiam deslizar pelo espelho.

Gira a corda que dá impulso à música, melodia de cuja harmonia nunca esquecera: piano cadenciado por idas e vidas de notas graves. Coloca os cisnes sobre o pequeno espelho, vê o reflexo do seu rosto adulto, puxa ar pelas narinas largas e libera os cisnes para a dança.

O movimento inicia lento, mas logo se apressa a fim de acompanhar o ávido Bach. É boa a liberdade sinuosa da dança, os cisnes flutuam dinâmicos, ainda que em espaço limitado.

O sol aproveita para entrar por frestas da janela de madeira, fracionando a cena musicada. O calor que passa pelo corpo, a sensação de abrandamento e a consciência em relação ao todo do ambiente lembram-lhe as mãos amigas que a levaram até ali, insistentes no enfrentamento do passado. A corda perde força, os cisnes ficam preguiçosos e o silêncio se aproxima. Sente uma pressão na garganta, mas segura firme. O piano se cala. A casa muda. O medo mudo. Os objetos impassíveis. Nada muda de lugar se não permitirmos.

Esqueci de pegar o urso – é o que pensa, um pouco antes de fechar o trinco do portão, as pegadas de salto marcando a terra do jardim com alguns tufos de grama alta pelo caminho, do mesmo tipo que a mãe cortava obsessivamente como se pudesse, com isso, parar o tempo ou a dor.

Atravessa a rua, limpando as mãos empoeiradas na roupa.

No carro, a amiga que espera no volante parece feliz com a imagem que vê.

Nosso quinhão de alegria

Na terceira cerveja, eu mal lembrava meu nome. Mas lembrava o dele: Francisco Sabino.

Chico para os íntimos – e assim pediu para eu chamá-lo.

Eu é que não ia lembrar de passado, nem de terapeuta dando instruções sobre como identificar potenciais violências. Por mais que saibamos, por excelência, o que é permitido a cada um ter ou ser nesta vida, quando enxergamos nosso quinhão de alegria dando sopa, ficamos estúpidas, crédulas.

Quando ele me ofereceu a cerveja do próprio copo, meus músculos derreteram. A tensão natural que eu sentia em todo novo encontro foi se desfazendo. A lombar se soltou no encosto da cadeira vermelha de plástico, os ombros se alargaram. Fui acreditando em tudo que ele dizia, tudo que saía da boca que oscilava entre risadas e sorvidas furiosas no copo americano.

Assim soube que Chico consertava celulares e equipamentos de informática numa loja da Getúlio. Que era o filho mais novo de pais separados. O pai havia formado uma nova família e a mãe trabalhava num mercadinho do bairro para manter a si e ao filho mais novo, que, segundo Chico, era um baita dum sanguessuga. Achei bonito o jeito apaixonado que ele falava do próprio trabalho, como se houvesse alguma honra a conquistar dentro de uma loja de celular. Eu mesma só trabalhava pelo dinheiro, mas durante o date fazia a apaixonada moderada.

– Sim, eu gosto muito do salão, as meninas são ótimas, acordar cedo é tudo de bom, sim.

No segundo encontro, Chico disse que chegava em casa tão cansado que às vezes esquecia de trocar a água da calopsita. Acho que foi na calopsita que eu me perdi de vez. Como resistir a um cara que tem uma calopsita?

No terceiro encontro, ele pediu para ir ao meu apartamento.

– O apê está bagunçado – eu disse, num reflexo.

– Eu não ligo – e passou a mão nos meus cabelos.

Depois de uma certa insistência, cedi.

No apê, ofereci uma cerveja e fui ao banheiro. Ele ficou no sofá, bicando a bebida e olhando meus quadros indianos com bastante curiosidade.

De frente para o espelho, procurei por frestas no meu rosto que indicassem qualquer pelugem. Apertei os seios, grandes e firmes. A barriga, um pouco mais flácida do que eu gostaria, mas, enfim, não dava para ter tudo. Apertei os braços, finos e vistosos, depois virei e olhei costas e bunda. Girei e fiquei novamente de frente para o espelho, toquei meu umbigo, fui descendo, arranjei as partes.

Vai dar tudo certo.

Ao sair, a ansiedade devorou qualquer sutileza possível:

– Chico, você me desejaria independentemente de qualquer coisa?

Eu tinha colocado um short que deixava uma boa parte do corpo à mostra. Fechei os olhos e pensei na música *Bye bye tristeza*, do Tim Maia – eu tinha uma trilha sonora mental para os momentos de ansiedade, era um dos recursos aprendidos na terapia.

Ao abrir os olhos, Chico estava em pé, as mãos na cintura, os braços rígidos como se as palavras, por si, pudessem quebrar ossos ou qualquer coisa por dentro. Virou-se, pegou o casaco, abriu a maçaneta e se foi.

Você devia se sentir satisfeita por não ter apanhado – minha amiga Jéssica diria. Ela era uma mulher trans expulsa de casa aos 12 anos. Fez muita coisa na rua para sobreviver. Tinha a sabedoria de quem sabe o que deseja, a tristeza na medida certa – nem mais nem menos. Morreu aos 27 – e eu não gosto de lembrar dos motivos – me deixando muita saudade e coisa para pensar.

No dia seguinte, mandei mensagem para o Chico, ele visualizou e não respondeu. Mandei mensagem na rede social também. Ali ele nem visualizou. Depois de algumas horas, a foto dele não aparecia mais no celular nem na rede social. Fiquei com uma ideia fixa de ter espantado uma visita a vassouradas. Mas por que eu faria isso? Era uma visita boa, de beijos e palavras doces.

Continuei minha vida. De manhã, tomava meu café puro, pegava o metrô, sacolejava junto a outras carnes que não desconfiavam de nada. No balançar dos corpos, ninguém nota a infelicidade alheia.

Ao chegar no salão, fazia um chá, acendia um incenso. Kátia e Vera me chamavam de bruxa da manhã. O que não sabiam é que, quando eu estava triste, ficava ainda mais bruxa. Hoje, por exemplo, eu estava a fim de colocar um filtro dos sonhos na porta. Filtrar as energias de quem entrava ali. A gente nunca sabe o que vem junto com as pessoas.

Outro dia, veio uma loiraça sem hora marcada, recém-separada. Que o marido tinha trocado ela por uma menina de vinte e um. Que ela tinha perdido as esperanças no amor. A mulher linda e, assim, toda triste. Era o tipo de energia que eu não queria para mim. Dá-lhe filtro!

Olhei o caderno de atendimentos. Tinha cinco marcados para hoje, mas a vontade era pegar minha bolsa e ir para casa, ficar jogada na cama. Jéssica tinha razão. Eu tinha nascido com a tristeza avolumada, cheia de sensibilidades pouco indicadas para uma vida tão adversa.

Durante os atendimentos do dia, atendi Vanda, uma senhora de uns setenta anos, professora aposentada, muito divertida. Tinha um marido careca que nunca entrava no salão, sempre buzinava lá de fora. Eu e as meninas o chamávamos de "o chofer".

Mesmo triste, fiz um corte lindo em Vanda – ela me contava dos netos, da filha que fazia pós--graduação no estrangeiro –, fiz uma hidratação, ao fim passei meus dedos grossos em sua nuca.

– Pronto, ficou linda!

Mal terminado o processo, o marido buzinou impaciente no carro.

– Sorte a sua ser solteira, Angélica! – Vanda disse, olhando com real admiração.

– Pois é, pois é.

Passaram-se duas semanas, perdi cinco quilos. Me dei conta quando o porteiro do prédio onde eu morava perguntou:

– Dona Angélica fez dieta?

Era um senhorzinho que vestia calças muito largas. Trazia uma marmita enorme para o almoço e ouvia rádio de pilha nos intervalos do trabalho. Não incomodava ninguém, mas amava uma fofoca. Gostava mesmo de tentar adivinhar as encomendas que chegavam para os moradores.

— Isso aqui parece livro, hein? Dizia para o rapaz mal-humorado do vinte e dois. O rapaz pegava o pacote e se dirigia à escada, sem dizer nada.

Respondi que estava comendo menos, mas que não era dieta, não. Ele ficou me olhando e perguntou:

— É coisa do rapaz do olho verde? Fiquei sem saber o que dizer.

— Como o senhor sabe?

— Mas se ele passa aqui na frente todo dia, como não ia saber?

Eu devo ter sorrido, porque seu Jaime continuou falando, entusiasmado:

— O homem passa aqui como se estivesse fazendo caminhada. Só que passa e volta várias vezes, umas cinco. E se senta no banco, coloca um boné. Isso acontece há mais ou menos esse tempo que a senhora vem emagrecendo.

Depois me fitou, esperando um desenvolvimento do assunto.

— Veja, vou tentar explicar. Os homens costumam vir a mim, mas nunca ficam. É antiga a sensação de espantar uma visita a vassouradas.

Mas, senhor Jaime, como se espanta uma visita sendo o que se é?

Ele passou a mão nos cabelos, ficou sério por um tempo:

— Sabe, eu conheço a senhora há um bom tempo, então eu devo lhe dizer que nunca vi a senhora tão triste.

Fiquei sem saber o que dizer. Ele continuou:

— Eu vou fazer o seguinte: vou tentar pegar o rapaz quando passar por aqui.

— Que isso?

— Não vou fazer nada, só vou dar um chega nele.

— Não, seu Jaime, não quero forçar ninguém a nada. Deixa assim.

— Deixa comigo, Dona Angélica. Vou só dar uma recauchutada na tal vassoura da senhora.

Tive vontade de rir, mas fiquei séria — sem saber o que responder para aquele repentino interlocutor da minha vida amorosa.

Subi para o meu apê, absorta em pensamentos. Fui lavar a louça na tentativa de sair um pouco de dentro da minha cabeça. Em menos de duas horas, o interfone tocou.

– Dona Angélica, o olho verde tá aqui.

– Gente, como assim?

– Tá aqui na minha frente.

– Seu Jaime, o que fazemos?

– O cabra tá bêbado. Tá falando que nem uma vitrola aqui. Primeiro tentou disfarçar que não era com ele, agora quer entrar. Quer ver a senhora a qualquer custo!

– Meu Deus.

Apertei os dedos das mãos – um tique que tenho desde menina. Me olhei pelo reflexo do micro-ondas. Eu havia emagrecido mesmo.

– Seu Jaime, manda subir.

Seis andares: o tempo de eu me preparar. Pensamentos múltiplos me vieram, inclusive o do Alessandro me esperando em frente ao metrô com dois amigos do futebol.

– Então você é homem, filho da puta?

A terapeuta me dizia: quando a memória vier muito forte, faz aquele exercício: uma inspiração e duas expirações. Seus sentimentos não te definem, lembra? Eles são nuvens passando num céu limpo. Uma hora a nuvem carregada vai passar.

Inspirar, expirar. Nuvens que vão passar. A campainha toca.

Pelo olho mágico, constato um Chico suave, os olhos verdes estão levemente inchados.

Penso que podem ser lágrimas, mas deve ser só impressão.

— O que você quer?

— Me deixa entrar.

— Para quê? Você não se deu ao trabalho de responder minhas mensagens.

— É difícil, eu fiquei sem chão. É difícil gostar de alguém assim.

As palavras que eu queria evitar, elas sempre vinham.

— Uma mulher assim — eu disse, ressaltando o "mulher".

— Desculpa. Uma mulher assim.

— Sabe Chico, não é fácil para mim, eu estou cansada de ter que convencer o amor a ficar.

Silêncio, respirações fundas dos dois lados da porta.

— Olha, Deus não aprova esse tipo de coisa, mas eu não consigo parar de pensar em você — foi o veredito do meu suposto amor.

Era pouco, bem pouco — eu sabia.

Abri a porta.

A lâmina do dia

Sente o sol bater nos pés, àquela altura para fora do lençol. Por quanto tempo teria dormido? Coça os olhos e a cabeça fica de lado, aquela preguiça. Faz a primeira ação de todos os dias: chamar pela mãe. Ninguém responde. Levanta de um pulo.

— Mamãe? Insiste, espremendo-se pelo corredor que dá na lavanderia, o chão batido de terra a esquentar os pés pretos e descalços. Vai à cozinha. Da anatomia materna, só os óculos de aro fino sobre a mesa.

Ele não se lembra de um sábado sem ela. Era sempre a primeira a levantar, ele às vezes abria os olhos e ouvia os sons que vinham da cozinha, gavetas abrindo, talheres batendo. Quando o café começava a cheirar, ele fechava os olhos e esperava ela colocar o dedo indicador frio no seu nariz.

— Acorda, astronauta.

Hoje ele não sentira cheiro de café nem nada. Intrigado, passa a mão pelas coisas, mesa, armário, gavetas, geladeira. Nem tudo ele alcança, mas se põe na ponta do pé, esticando os dedos ansiosos. Embora ainda não saiba ler, sabe que consegue entender um rabisco em papel como um "volto logo, querido" ou "não deu tempo de fazer o café" – coisas que ele entenderia mesmo sem os adultos explicarem. Não encontra nada.

Senta-se em frente à mesa, as perninhas balançando sem sincronia. Fica com a cabeça vaga, numa espécie de susto primordial. Não sabe ser sem mãe. O que fazer?

Talvez devesse gritar por seu Antônio, dono da padaria. Ou por Consuelo, vizinha que lê tarô e leva torta de frango para eles aos domingos. Fica aliviado ao imaginá-los ali, abrindo a porta com a chave secreta que os adultos guardam para dias como esse. Enche o peito com a coragem dos grandes, corre até a janela da sala, mas seu ímpeto é impedido por uma lembrança.

É seu aniversário.

Ele bate a mão pequenina na mesa. Uma coisa tão grande não deveria ser esquecida assim. Tem raiva da mãe por ter sumido e, agora, tê-lo feito esquecer do próprio aniversário por tanto tempo do dia.

Nunca tinha tido uma festa de aniversário. Sete anos e zero festa. Mesmo assim, sempre se deu o direito de ficar alegre por estar completando mais um ano ao redor da Terra. Ele adorava essa imagem, dar uma volta na Terra, assim, toda grandona. Ele flutuando junto a estrelas e outros corpos celestes.

Volta para a terra, astronauta. A mãe dizia quando ele se distraía, o que não era difícil de acontecer, como agora. Volta a pensar no paradeiro da mãe. Por que ela tinha saído sem avisar? Teria saído sozinha? Por que bem no dia do seu aniversário?

Esforça-se para retomar à memória o dia anterior. Tinha sido normal. Ou não tinha? A mãe fazendo os afazeres, ele voltando da escola, deixando a mochila no quarto que dividiam. A mochila com dois bolsos rasgados, ele já nem ligava. O uniforme do trabalho da mãe sobre o colchão dela, ao lado. Ela sempre tirava o uniforme para começar a fazer as coisas em casa, como se tivesse medo de as coisas de fora invadirem a vida de dentro.

Vai tomar banho, Helinho.

O fato de ele ter nome de elemento químico era pura coincidência, mas é claro – ele adorava ciências.

No chuveiro, tinha pensado no aniversário. Insinuou uns passos descoordenados sob a água, mas não era bem esperança que a dança emanava. Talvez fosse apenas uma insistência em ser alegre. Ele sabia que seriam eles dois, sozinhos mais uma vez, sentados em frente à TV de tubo, no máximo um bolo murcho de fubá. Não teria brigadeiro, refrigerante, bexigas de cores diversas – coisas com que ele sonhava. Eles não tinham dinheiro para isso. Na boca da mãe, a promessa de que no ano seguinte seria diferente, que ganharia dinheiro suficiente para uma festa. Que dobraria os turnos de limpeza na casa da dona Ingrid. Que guardaria sob o colchão os trocos das compras de mercado e tentaria arrumar um bico de domingo ou feriado.

Antes de dormir, eles tinham ficado um tempo na cama, conversando. A mãe lhe contava histórias quase diariamente, quando o sono não derrubava seus pensamentos antes do tempo. Dessa vez, ela falava sobre os anéis de Saturno.

– O planeta tem anéis nos dedos? O menino perguntou, sonado.

Um pouco antes de ele pegar no sono, ela havia dito algo em seu ouvido, baixinho, a voz da mãe uma espécie de canto de sereia:

– Tempos melhores nos esperam, meu amor.

É bem engraçado como misturamos as coisas quando estamos com sono. Será que ela tinha dito isso mesmo ou ele sonhara? Tempos melhores? É difícil entender as coisas dos adultos, às vezes são umas palavras perdidas, sem nada que se pudesse colar na memória. Por exemplo, era fácil para ele entender que não devia falar com estranhos, pois tinha o caso da Vitória, menina do primeiro B, que tinha sido levada para um parque afastado por um carro vermelho. A polícia tinha a encontrado depois, os pais quase mortos de desespero, a menina, por fim, sem um risco no corpo. O final foi feliz, mas todo mundo da escola ficou com medo, a lembrança do acontecimento era um nó no estômago dele, não tinha como esquecer. Esse tipo de aprendizado sempre se instalava nele. Também era fácil para ele entender que nunca devia sair da escola a não ser com a mãe ou com uma das tias, que eram – na verdade – amigas de infância da mãe e não tias de verdade. O pai, ele sabia que nunca podia pegá-lo na escola, as tias da escola estavam avisadas. Os amigos da sala diziam que ele estava preso. Ele ficava calado e se concentrava em seus desenhos. Em sua cabeça, o pai usava gel no cabelo, tinha um bigode grosso e era bom.

Mas "tempos melhores nos esperam" não era nada que podia se prender na memória, a vida tinha sido aquilo até então: escola, cafuné da mãe, dor de barriga de timidez e zero festa de aniversário.

O menino não tem muitas opções a não ser interagir com a própria casa, ela mesma uma espécie de ente querido: faz um carinho no sofá, esfrega o cabelo encaracolado no encosto marrom, dignamente limpo.

De pé, passa a mão na TV, tira com o dedo uma poeira fina que insiste em se alojar nas saídas laterais. Aperta o botão de ligar e um homem gordo apresenta o jornal. Uma notícia sobre femini, femini – ele se concentra –, *feminissuicídio*, conclui. Pensa que já ouviu a palavra em algum lugar, talvez na TV mesmo ou na escola. Terá sido na igreja? Um frio lhe passa o pescoço.

Como se um fantasma tivesse tomado domínio do seu corpo (ele acredita, sim, em fantasmas!), uma força o encaminha até o quarto. É uma força triste, de ventos escuros nas paredes do corpo. Vai até o quarto de paredes rosa-claro e joga o corpo na cama desfeita da mãe. Lágrimas quentes correm seu rosto, atravessam tecidos com o cheiro dela e se infiltram no colchão. São águas sujas do lado de dentro de ser menino.

Se ela não voltou é porque algo aconteceu. A imagem de um acontecimento monstruoso vai dominando seus pensamentos. A mãe atropelada. A mãe presa em uma casa com porão. A mãe com cordas amarrando sua boca.

Há uma cruz, ele lembra. Sobre o pequeno gaveteiro, uma cruz com a qual ele via a mãe rezar antes de dormir. Me dê saúde para cuidar de meu filho, amém. Provém trabalho, Deus, amém.

Helinho coloca a cruz sobre o peito. Jurema dos Santos Pedroso, amém. Minha mãe, Jurema dos Santos Pedroso, amém. As palavras, pronunciadas, fazem as coisas existirem um pouco mais. Sua mãe existia, era essa sua oração.

Talvez tenha dormido de emoção. Quando abre os olhos, já é de noite. O estômago ronca, ele não tinha comido nada. Terá que fazer a própria comida, por fim. Talvez consiga imitar uns gestos que via a mãe fazer. Quebrar o macarrão no meio, tirar a casquinha do alho e depois amassar, espremer o limão de longe para não sujar o avental.

Levanta e se arrasta até a cozinha. Uma luz fraca de sol ainda contorna os objetos, deve ser menos de 7 horas. Pensa ver uma sombra na cozinha, o medo lhe penetra o estômago de uma forma que só os filmes de terror conseguem. Fecha os olhos e leva a mão até o interruptor.

Ao abrir os olhos, assombra-se com a imagem que o espera. Alguém lhe sorri com o sorriso de sempre, mas todo o corpo era feito de outra matéria. O cabelo preto alisado com regularidade dava lugar a um cabelo crespo com mechas loiras. De batom vermelho, vestido, uma bolsa pesada nos braços e sorridente – a mãe era outra pessoa.

– Surpresa!

Ela segura um bolo vermelho, azul, branco, verde e outras cores que ele não conhece. Seus olhos acompanham as mãos de sua mãe acendendo as velas e ajeitando o bolo no centro da mesa, enquanto grita:

– Vem, pessoal!

Dezenas de crianças pipocam de baixo da mesa, juntamente com parentes e amigos da mãe, que saem dos seus respectivos esconderijos – banheiro, quarto, debaixo da pia.

Um foguete vermelho sobrevoa uma nuvem de chantili. A cena central é enredada por estrelas verdes e pequenas vênus, martes e terras feitas de glacê.

– Parabéns pra você...

Os olhos, muito abertos, acompanham as mãos dos convidados espalmando umas nas outras, o calor absurdo na cozinha indica os corpos unidos, o zunido em seu ouvido, o trovoar de vozes.

Seu Antônio, o padeiro, o levanta e diz coisas engraçadas. A mãe se aproxima e o beija no rosto, no pescoço, faz cócegas em sua barriga.

Dali em diante o que se passa são fatos da festa que não se fixarão na memória recente do menino, porque vividas com absoluta intensidade – brincadeiras com os amigos, bolo colorindo os dentes, cantorias e piadas de toda sorte.

Depois de todos os convidados irem embora, ele finalmente se concentra na casa de novo.

Há algo novo na mãe. Um sapato preto novo, um batom diferente, até o perfume era outro.

Ele a observa de costas, arrumando a sujeira da festa.

– De uma coisa eu sei: de hoje em diante, você sempre terá festa no seu aniversário!

Helinho não se atenta ao enigma da frase. Está feliz demais para isso. A mãe pega a bolsa (agora ele vê, também nova) sobre o armário. Enfia a mão lá dentro, para então tirar uma faca grande, reluzente, afiada. Na sua ponta, pequenas manchas avermelhadas.

Ele fica encantado com o brilho que emana dela.

– Vamos comer o resto do seu bolo?

A mãe levanta a lâmina de um jeito imponente, sem, entretanto, causar-lhe medo algum – o objeto, um novo sujeito na relação entre eles – e rasga, lâmina adentro, a massa espessa. Ao vê-la recolher a faca enorme, intrigante, suja, para depois entregar-lhe um pedaço bem servido, Helinho puxa para si o bolo e pensa que aquilo podia alimentá-lo pela vida inteira.

Dia de pensar

Ouvir sua respiração ecoar no silêncio do meu quarto foi sonho ou realidade? Penso enquanto vejo uma senhora passar a vassoura na calçada, entretida por um gato gordo desfilando sobre o muro.

Quando acordo com essa saudade meio nebulosa, você domina boa parte dos meus pensamentos. Agora é assim, num dia penso em você, no outro não. Às vezes são dois dias pensando, um sem pensar. Matemática injusta, sobretudo para mim: uma professora de matemática.

Os sons na rua me indicam que é hora de trabalhar. Sair de casa, tomar o ônibus, ouvir Caetano entoar notas no fone. Maquinar movimentos até o trabalho, expressar uns sorrisos verídicos, outros nem tanto. A vida correndo a despeito de minhas arritmias.

Dou uma aula, outra. Tomo o chá que trouxe de casa, corrijo provas, espirro a gripe de uma semana. Os meninos estão inquietos, não sei se é o calor ou o meu silêncio incomum. Eles fazem piadas para ver como reajo. Entre cabelos, suor e espinhas, tateiam modos de demonstrar e receber afeto, iniciando-se no universo ora solar, ora abismal das ternuras.

Nesse movimento, dizem vulgaridades. São carentes sabe-se lá do quê e ainda não sabem que essa será a máxima da vida adulta. Tentar preencher algo. Um buraco que nunca se tampa. Um heptágono tentando se encaixar no espaço de um triângulo. Tenho vontade de abraçá-los e dizer: não cresçam! Não esperem esse encaixe. Formulem seus próprios espaços, ainda que reste um vão ou outro. Ainda assim será o espaço de vocês, um descanso para suas beiradas. Seria legal se eu dissesse: sejam heptágonos de si!

Só consigo dar um meio sorriso e dizer:

– Vocês são mesmo terríveis!

Volto à correção das provas. Meu celular vibra, o coração trota. Há tantos dias espero uma mensagem sua.

É só meu pai dizendo que o almoço de domingo está de pé.

Desde que você disse – entre raivas confinadas – que era melhor não continuarmos, eu espero uma mensagem-surpresa. Sempre fui assim, adepta a resoluções cósmicas para aquilo que não entendo. Sim, você vai mandar uma mensagem reconhecendo que errou, dizendo que podemos tentar de novo. Talvez o texto seja leve, com pitadas de humor. Você sempre foi essa pessoa das palavras, das cartas, das filosofias em momentos inoportunos. Eu, sempre retesada nas palavras – essa coisa que se prende na região digestiva, que não sobe à laringe.

– Professora, essa tarefa é para entregar hoje? – o aluno mais inteligente da sala, também o mais travesso, me interrompe o devaneio.

– Felipe, é para começar hoje e terminar na próxima aula. Combinamos na semana passada, lembra? Vocês não vão fazer a última prova, mas têm que se dedicar bastante a esse trabalho.

– Mas se pode entregar na próxima aula, não podemos fazer tudo na próxima aula? Com dedicação e tudo?

No fundo, era uma pergunta bem razoável. Disse apenas que fizessem o possível durante a aula, que veríamos como ficaria na próxima.

– Professora, desde que sua namorada voltou para o ex-marido, você ficou bem mais boazinha. Vamos agradecer a ela!

Enredar-se nas suas pernas, deixar o peito aberto para pássaros, ventanias e badalos. Abrir a carne para que tudo de espantoso possa entrar. Esquecer músculos abertos, as células expostas a fungos, pestes e chagas. Os pássaros eram seus olhos que pediam palavras, que lacrimejavam algo entre o desamparo e a vontade de beijar meu rosto. As bactérias, o nosso pior – o frio do meu silêncio e a sua vontade de correr de tudo que é imenso. A infecção foi dominando os órgãos.

Não havia agressão nas palavras de Felipe, a fala apenas fluía, água de rio, que existe só por existir, sem intenção alguma de furar barreiras ou levar folhas para a morte.

Amanhã será dia de não pensar em você, se tudo der certo.

Amoras

And you were mindboggling,
you were intense
You were uncomfortable in your own skin,
you were thirsty
But mostly you were beautiful.

"Joining you" – Alanis Morissette

Estacionado o carro, desço pela estrada de terra, passo por baixo de uma cerca enferrujada e chego ao local. À frente, a figura que eu reconheceria a qualquer tempo, mesmo de costas como agora, a muitos dias de distância. Adivinho a franja oleosa com uma tendência à direita, as sobrancelhas arqueadas, como fosse o mundo uma constante dúvida.

Jogo a bolsa no chão e me sento ao seu lado, um tanto ofegante e com o suor molhando a camisa branca amassada, colocada à pressa. Olho-o de perto, constatando que apenas a oleosidade da franja mantém o padrão, o restante do corpo está fora do eixo, os ossos enfiados na pele, a coluna curvada como um galho em busca de água.

— Caralho, amigo, como você me faz uma coisa dessas?

Você vira a cabeça lentamente, me olhando como a um espectro.

Deve ter chovido nos últimos dias, penso após sentir a água gelando minhas partes. Puxo o zíper da mochila e pego um dos álbuns de fotografias. Das coisas que eu tive tempo de pensar antes de vir: álbuns antigos e um pote de amoras. Curioso o que nossa mente sugere quando precisamos de uma reação rápida.

Folheio um dos álbuns e paro em uma foto com a nossa turma do terceiro ano do ensino médio. Escolho essa porque parecemos tão alegres, vivos. Balanço o saquinho, encostando o álbum aberto em meus joelhos.

— Trouxe umas fotos antigas. Essa é do aniversário do Giovani, lembra?

Eu falo de maneira pausada, esperando uma interlocução que não vem.

– Ele fez uma festa à fantasia, lembra?

Você junta os braços em volta das pernas, puxa-as para perto do tronco, talvez notando tardiamente o frio que faz.

– Ele estava fazendo o quê, dezessete anos?

Finjo normalidade ao finalmente ouvir sua voz.

– Isso, dezessete.

– Olha como eu estava feio aqui, cheio de espinhas – e aponta para a imagem.

Dentre todas as coisas a serem ditas sobre você: espinhas. Talvez eu devesse dizer que desde aquele tempo eu me sentia à vontade na sua presença, como se fôssemos cachorros de uma mesma ninhada, desses que não precisam de qualquer cerimônia para começar a fazer graça um com o outro. Eu poderia dizer que me sentia essencialmente viva quando dançávamos nas festas, tocando guitarra e bateria no ar, balançando a cabeça como *headbangers* obsoletos. Poderia dizer que sempre amei conversar com você, mais do que com qualquer outra pessoa. Que mesmo a distância, eu entrei em lojas de instrumento e disse "baixa essa *strato*", mesmo sem saber tocar guitarra muito bem, mesmo sem ter intenção de comprá-la – como nós fazíamos nas lojas da Santa Ifigênia –, você solando e eu fazendo a base – nossa *jam* particular. Nós saíamos iluminados da experiência, a despeito dos vendedores que nos desejavam todo o mal do mundo por fazê-los perder tempo.

Eu podia dizer tudo isso, mas eu não digo nada. Lembro da sua mãe ao telefone.

– Eu pensei que você seria a pessoa mais adequada para ter um primeiro contato com ele.

Ela me disse mais uma porção de coisas, misturou borderline com loucura, tristeza com depressão, uma barbaridade de equívocos, depois completou:

– Você é a única que pode ajudá-lo nesse momento!

E isso, mesmo que completamente descabido e irresponsável de uma mãe dizer, me deixou estranhamente honrada.

– Eu trouxe amoras, amigo – eu podia dizer diversas outras coisas, mas é isso que digo –, peguei no caminho, imaginei que você podia ter fome.

Eu trouxe um pote pensando que elas estariam sanguíneas, como estiveram no verão em que fizemos nossa primeira viagem juntos. Uma excursão da escola. Sentamo-nos por três dias sob uma amoreira em frente à casa em que os professores ficavam hospedados. A maioria dos nossos colegas ia para a piscina, mas nós acabávamos ficando por ali. Falávamos muito, você chegou a me mostrar a música que estava aprendendo no violão. O seu pai tinha te inscrito no curso de música da igreja e o feito matricular-se em outros cursos para crianças e jovens evangélicos. Você me disse que aprendia gospel no curso e, em casa, escondido, tirava *Love will tear us apart,* do Joy Division.

A amoreira era frondosa – essa é minha memória mais ampla desse dia.

Penso nas mudanças que o tempo te inscreveu. Das bermudas que deixavam à mostra panturrilhas recheadas e peludas, te sobraram essas calças jeans ocas. Os cabelos longos agora são fios ralos com uns buracos no meio. A barba por fazer é um sintoma recente. Uma coisa que não mudou foi o seu perfume. Estou perto o suficiente para sentir o cheiro de mato limpo e suor.

Tiro do plástico mais uma foto: você, eu, Bruna e Cecília carregando um Giovani sorridente nos braços. Giovani era um dos nossos melhores amigos na época. Fora popular por um tempo, mas nós o tínhamos transformado em outsider graças ao nosso carisma. Fugas no meio do período escolar, trocas de discos, cabelos sujos, camisetas rasgadas e diversão. Giovani não teve outra escolha a não ser abandonar seu grupo de amigos chatos e o cabelo repartido com gel.

Nesse dia da foto, nós estávamos reluzentes, com aquele brilho que só a adolescência permite. A mãe do Giovani deve ter percebido que a animação não ia passar tão cedo e perguntou se queríamos dormir lá. Que podíamos botar uns colchões na área e dormir ao ar livre. A Bruna e a Cecília toparam na hora. Giovani estava abrindo o restante dos presentes no quarto. Eu ia responder que sim, mas você interrompeu:

– Não, tia! Vou levar a Flávia em casa!

Havia algo de sério e definitivo em sua fala. Acatei.

Nós tínhamos um acordo tácito, um prazer em ficarmos sozinhos, só nós dois, compartilhando silêncios entrecortados por piadas e autorrevelações. Gostávamos verdadeiramente dos nossos amigos, mas havia uma vontade de prolongar nossa euforia e sabíamos que estar isolados em nossos pensamentos e reflexões sobre a vida era uma forma muito eficaz de fazer isso.

Paramos num desses botecos com karaokê, um homem de meia idade cantava uma música do Ed Motta. Eu, que tinha acabado de comprar o novo do Soundgarden, estava louca para falar contigo sobre ele. Você puxou a cadeira e pediu duas cocas:

– Senhorita, vamos às impressões...

A música era um jeito muito eficiente de chegar ao profundo da coisa sem muitos jogos ou perturbações.

Da alegria fomos nos autorizando a mais. Falamos de futuro, das provas, de nossas mirradas experiências sexuais. Eu contei sobre as poesias que estava arriscando escrever e das dificuldades em convencer meus pais sobre fazer Letras. Você me disse que queria desistir do vestibular de Música. Me indignei!

– É que meus pais implicam demais com meus gostos, digamos, diferentes – você disse enquanto tamborilava os dedos na mesa de plástico. Depois respirou fundo, como se tivesse sido autorizado a se soltar por dentro:

– Fláv, preciso te contar algo, mas não é uma coisa bonita.

Você ficou sério, os olhos muito abertos e úmidos.

– Tem um ódio crescendo em mim, sabe?

– Ódio? Em relação a quem?

– Um ódio em relação a mim.

As palavras foram ditas com uma calma inesperada, como se você estivesse se preparando por muito tempo para falar. Nas lágrimas que brotavam cintilantes de seus olhos, eu podia ver uma dor represada por uma vida.

É nisso que penso agora, eu e você – resquícios do que fomos. Eu e meus vestidos floridos de hoje em nada lembro a menina daquele tempo. Minto: eu ainda escrevo alguns versos. Tenho urgências em refinar os pensamentos, cansam-me um pouco as conversas de elevador. Ouço INXS de vez em quando. E, ainda que no LinkedIn eu seja uma editora experiente e no Instagram uma esposa em domingos solares no parque, ficam esses embargos na memória. A existência cheia de ofensas à sensibilidade, decretos corporais proibindo o luto e a tristeza. Uma solidão imensa quando os pássaros se encaminham para os ninhos.

— Se eu estivesse no seu lugar, talvez fizesse o mesmo.

O que digo já não é uma escolha, mas uma trilha pela qual caminho sem muito olhar.

Você aninha sua cabeça em meu ombro. Trazer os álbuns provavelmente fora uma decisão acertada. Talvez seja esse o momento de dizer algo melhor, grandiloquente. Poeta nos momentos necessários, você dizia sobre mim quando éramos mais jovens. Se eu tocasse sua perna magra. Se eu fizesse um afago em seus cabelos. Palavras parecem frágeis quando ultranecessárias. Logo eu, que trabalho com linguagem. O que ninguém sabe é que ser amiga de quem quer acabar com a própria vida também te deixa num estado de morte iminente. Morrem as palavras, os pensamentos.

Talvez eu devesse colocar a mão sobre o seu braço ferido. Seria invasivo demais?

— O Fernando veio? Você diz abruptamente, me lembrando que agora chama o pai pelo nome.

— Fernando não vem, amigo.

Você se levanta e me olha por um tempo.

Com a força que faz para ficar em pé, umas tramas de sangue espalham-se pela bandagem do pulso esquerdo. A imagem de filigranas de ouro me vem à mente. Eu te enredo com o braço e já não fico espantada com a finura das circunferências. Um rouxinol espia o movimento de cima do galho de um ipê, um fio de sol se dobra sobre os montes.

– Pode apoiar em mim, eu digo.

Você me abraça de lado – eu me sinto a pessoa mais realizada do mundo –, depois coloca duas amoras na boca.

Caminhamos pela estrada de terra em silêncio, apenas o calor dos corpos atenuando o frio da tarde. Se eu dissesse que quero estar mais perto nos próximos dias, nos próximos meses – penso enquanto avisto nosso destino, uma singela casa amarela no horizonte –, tão distante quanto as nuvens, que nos olham de cima, impassíveis.

O segredo de vovô

O cheiro dos queijos gastos e as cartas sobre a mesa eram as únicas testemunhas de nosso amor sem palavras. Minha família se reunia uma vez por mês para jogar buraco na casa do vô Gino. Éramos pouco instruídos na arte de expressar afetos, de forma que aqueles momentos de braços se esbarrando e olhares úmidos de gargalhadas eram formas seguras de nos gostarmos sem ter que falar absolutamente sobre isso.

Vô Gino tinha deixado para amanhã uma bagunça possível somente para quem não limpa a casa. Ele já tinha subido as escadas, o que intuíamos pelo mocassim deixado sob os degraus. Essa era a deixa para nossa batida em retirada.

Quando já estávamos no carro, a Bela encrencou com a blusa que não achava, que era a blusa da Elsa, e nada importa mais para uma criança de cinco anos. Seu choro crescente e as cobranças de Luiza me fizeram parar de olhar o celular para entrar na casa novamente e buscar a peça.

Ao chegar à cozinha, me assustei com a bagunça, ela não parecia tamanha há alguns minutos. Talvez fosse o álcool se despedindo de meu sangue. Passei os olhos pelas diversas garrafas de vinho entre pratos, palitos, copos vazios. Ali tínhamos deixado, eu, meus pais, meu avô, minhas duas irmãs, primas, cunhados e sobrinhos, uma bagunça que dificultava achar qualquer objeto. Puxei as cadeiras, uma a uma, e na quarta tentativa encontrei a blusa infantil esticada sobre o estofado da cadeira. Coloquei-a sobre o ombro e fui saindo.

Ao passar pela sala, fui tomado por um som miúdo. Uma batida que parecia vir de estúdio, um som abafado. Seriam os vizinhos? Pensei, já cogitando me rebelar pelo ultraje àquela hora, ofendido por meu avô e por meus hábitos de trintão – já devia ser mais de meia-noite. Antes de decidir o que fazer, meus pés me levaram ao piso superior, munidos de vontade própria. O som aumentava conforme eu subia, a harmonia da música se abrindo em versos dançantes e familiares.

Não havia mais ninguém na casa àquele momento a não ser o meu avô. Eu me aproximava da porta de seu quarto, sabendo que ultrapassava algum limite irremediável. Minhas mãos tremiam, o que não me impediu de aproximar a mão direita da maçaneta.

Abri levemente a porta e, em frente ao espelho, de costas para mim, estava ele, meu avô. Entretanto era algum outro. Uma taça de vinho branco na mão, pó verde sobre as pálpebras, echarpe sobre a blusa aberta, uns pelos ralos no peito. Tudo isso eu via pelo pequeno espelho do guarda-roupa antigo. Ele movia os braços, lançando madeixas invisíveis para trás. A dança muito ordenada comunicava uma conexão antiga com a música que, a esse tempo, já estava altíssima. Ou ao menos assim me pareceu.

Got me looking so crazy right now,
Your love's got me looking so crazy right now.

Beyoncé. Meu avô sabia os passos de Beyoncé. E performava. Saí dali correndo.

No carro, Luiza falou algo sobre respeitar o horário da criança dormir.

— Sim, sim, amor, vamos chegar em casa já.

O estupor interno me alcançou aos poucos, os pensamentos se apresentando em fila: Meu avô era gay? Como eu nunca tinha notado? Mas, espera, gostar de Beyoncé significa ser gay? Significa?

Chegando em casa, dormi de uma pancada. Acordei com a cabeça doendo do vinho e não falei com ninguém o que vi. Nem com Luiza.

Vô Gino era um homem calmo que gostava de comprar mocassins e colecionava baralhos de cartas. Seus únicos arroubos eram romances franceses, móveis de mogno e jogatinas regadas a queijos e vinhos com a família.

Minha relação com ele era boa, ainda que não íntima. Nos divertíamos juntos, às vezes eu mostrava alguma matéria minha que tinha sido publicada no jornal da cidade. Ele contava as peripécias do seu gato Balzac.

Fiquei por dias martelando sobre quanto mistério pode haver no subtexto das ações das pessoas, sejam elas próximas ou distantes. Pensava naquele senhor de olhos apertados em rugas laterais e ombros largos para um corpo tão baixo, naquele senhor que bem poderia ser confundido com o bedel de uma escola monótona. Nas mãos enrugadas que distribuíam cartas de maneira muito correta e ordenada: elas eram as mesmas que deslizavam sobre cabelos invisíveis em noites de pura realização.

No encontro familiar seguinte, arrumei uma desculpa para ficar um pouco mais na casa. Luiza bufava, eu sabia que ela ficaria estressada. Fiquei ali, fingindo uma dor de barriga qualquer. Esperei o som se estabelecer e subi as escadas.

Eu havia estudado um pouco de Beyoncé na semana anterior, de forma que pude reconhecer a música: *Church girl*. Essa era do disco novo, vô Gino estava atualizado.

I'm warning everybody, soon as I get in this party I'm gon' let go of this body, I'm gonna love on me. Nobody can judge me but me, I was born free (born free).

Abri uma fresta da porta novamente: dessa vez ele estava de verde, uma blusa de gola alta, calça preta e sapato de salto plataforma. Muito elegante. Talvez quisesse combinar com a elegância do disco *Renaissance*. Percebi que o vinho era parte do ritual, era provável que vô Gino só tivesse coragem de fazer tudo isso sob o efeito de álcool.

Ouvi a buzina de Luiza e saí correndo para o carro. Ela disse que eu andava muito distraído, que eu precisava estar mais presente no momento, algo assim. Dirigi elaborando as percepções da noite, dessa vez de maneira mais sofisticada: meu vô não necessariamente era gay (embora talvez sim), ele provavelmente era uma drag queen que não se apresentava.

Chegou março e eu consegui uma promoção no trabalho. A Bela estava indo para a primeira série e Luiza entrava no mestrado. Eu seguia arrumando algo para fazer depois que a família toda se encaminhava para casa após as jogatinas. Passei a odiar minhas primas, que ficavam enrolando para ir embora. Minha mulher não questionava mais minha demora, parecia ter se resignado com a inapetência do marido para as coisas práticas, logo eram bem críveis meus retornos para buscar chave, carteira, casaco. Luiza bufava, mas aguardava. E eu voltava para o carro cada vez mais vitalizado, o segredo de meu avô formando pérola em mim.

Comecei a pensar em coisas antes inimagináveis. Me separar da Luiza, por exemplo. Há tempos não vínhamos nos dando bem, mas esse era um assunto que eu sempre varria para o porão dos pensamentos. O segredo tão bem escondido de meu avô me fazia pensar sobre uma vida encolhida. Uma vida que poderia ser muito mais. Meu vô dançava lindamente e, além disso, era um especialista em Beyoncé, algo que não podia ser ignorado já que, muito provavelmente, traria um reconhecimento imenso para sua vida.

Passei a ser um estudioso de Beyoncé. Ouvia todo dia indo para o trabalho, organizei pastas no aplicativo de áudio. Ouvia podcasts, assistia a entrevistas. Decorei letras, influências musicais e a ordem dos discos lançados.

Nas jogatinas, eu me colocava ao lado do vô Gino, tentando ouvir ou ver algo que me entregasse qual seria a música do dia.

Hoje o vô está especialmente melancólico. Acho que a música será *Halo*.

Nem sempre eu acertava, mas naquele dia fora *Halo* mesmo a música escolhida.

Já perto do inverno, eu estava no horário de almoço do trabalho, zapeando pelas redes sociais, quando vi anúncio do show da Beyoncé no Brasil. Finalmente eu poderia intervir de alguma forma naquela experiência quase mística. O show seria em outubro, o mesmo mês da minha descoberta sobre o vô. Seria a celebração perfeita.

Comprei um ingresso da categoria idoso e enviei por correio ao meu avô, de maneira anônima. O envelope prateado, feito o cavalo da capa do disco que dava nome à turnê.

A família resolveu marcar a jogatina de outubro bem no sábado do show. Minha prima Fernanda enviou mensagem para o grupo da família dizendo que o vovô tinha desmarcado o evento devido a uma queda que sofrera, nada grave, mas que ia precisar de repouso por uns dias.

– Mas caiu como se é tão calmo? – disse meu pai.

– Decerto mexendo nas plantas – um cunhado comentou.

No dia do show eu, que tinha acabado de me mudar para um apartamento menor (litígios do divórcio), abri uma cerveja e me preparei para assistir pela TV. Sentia-me como numa final de campeonato, coração aos pulos – uma verdadeira onda de amor e excitação invadindo meu corpo.

Quando ela entrou, montada no cavalo – e a câmera correu os arredores do estádio –, eu pude jurar ver um senhor de echarpe verde se sacudir na multidão.

Talvez fosse apenas a emoção.

Azul-cobalto

Estou avançando
Para uma alta portada
Atrás da qual se estendem muralhas
Onde dormem trovões extintos
E relâmpagos partidos.
Só é meu
O mundo que trago dentro da alma.

Marc Chagall

No quarto, já pesava o azul morno da noite. A lua aparecia tímida entre nuvens que se debatiam em filas opostas, movimentando o silêncio da escuridão.

Encostado à janela, um cigarro quase finalizado à mão, estava um tanto entorpecido pelo calor e resolveu se deitar. Pensou nela. Olhou o teto branco do quarto, com uma certa displicência em relação às ranhuras nas quinas. Virou-se para o lado oposto ao da janela e mirou os discos, livros e roupas que havia ganhado de aniversário e ainda estavam dispostos sobre a escrivaninha. O presente dela (deles) vinha acompanhado de um cartão com a imagem de balões coloridos. Sentiu mais afeição pelo cartão do que pelo presente em si. Balões. Uma leveza premeditada, talvez. Por que viera tão linda à sua festa? Ele não estava preparado para tanto. Às vezes, esperava que ela omitisse um pouco seus encantos para que fosse menos árduo para ele.

Vagueando pelos lençóis, pensou em alguns detalhes da festa. Tentara se manter distante, evitando olhá-la com atenção, porém – entre uma frase de um amigo e uma risada qualquer – relaxava e acabava por deixar o olhar passear, sem as amarras da disciplina. Inevitavelmente esbarrara duas ou três vezes em seus olhos. Pequeninas bolas pretas que subiam do chão para ele e dele para o chão, simples e levianos como balões coloridos soltos numa festa tediosa.

O que passaria pela cabeça dela? Mortificava-o não ter certeza alguma. Achava-se uma pessoa cem vezes mais óbvia do que ela, sempre tão misteriosa, apesar de nada tímida. Pensou no vestido azul-escuro, tão bonito. Singelo, mas sugestivo. Deixava os seios livres, como luas soltas numa tessitura noturna. Respirou fundo, tentou desviar o pensamento para uma área mais estéril. Os processos que o aguardavam no escritório, o conserto que devia à televisão seminova, a viagem à praia planejada para o próximo ano. Em vão. Continuava a peregrinação pelas lembranças que, por ora, eram um de seus prazeres mais obsessivos. Memorizar para depois lembrar. Lembrar para continuar a desejar. Salvo pela amoralidade do mundo dos pensamentos.

Ocorreu-lhe então a conversa sobre trivialidades na cozinha. Mantivera-se firme em suas ações dissimuladamente indiferentes, mas ela queria conversar. Ele propunha assuntos triviais, ela acabava aprofundando. Ele ia ao banheiro, voltava e ela estava lá, o aguardando para tecer considerações acerca de música, política, arte. Assuntos que estreitam laços. Gentilezas e atenções das quais era impossível fugir. Ela dizia, com a leveza de sempre, que adorava a nova MPB. Gadú e Tulipa, em especial. Ele já sabia disso. Já sabia muito sobre ela. Mas sorriu em falsa surpresa.

Virou mais uma vez na cama, sentindo o corpo indolente pela ação do calor ininterrupto. Sentiu o cheiro vindo das plantas noturnas que margeavam a casa. Relembrou as palavras que ela articulara antes de ir embora com o marido. A festa foi ótima, gostei de cada detalhe. Cada detalhe. O que ela teria querido dizer?

A noite continuava invadindo o quarto sem luzes acesas, de maneira quase indecorosa. Seu corpo cansado, ébrio, pairava sob o escuro, gravitando na órbita dos desejos. As ideias eram como fios multicoloridos a se conectarem frouxamente sob a negridão. Suas pálpebras tombaram uma, duas, três vezes. Na quarta não encontraram força para levantar.

Percebeu-se inesperadamente dentro do carro de Anderson. Por que estava dentro do carro dele, meu Deus? O pânico durou o tempo necessário para associar a imagem de suas mãos ao volante largo da Pajero. Precisou focar-se com urgência no trânsito. Observou a larga avenida, com muitos carros, e pensou que pareciam ser as ruas noturnas da Vila Mariana. O que fazia lá mesmo? Estava um pouco confuso. Dois carros o ultrapassaram, um buzinou e o motorista lhe mostrou o dedo do meio. Era o bairro de Luna. Viera visitá-la? Sim, lembrou-se que viera visitá- la.

Parou no cruzamento da Vergueiro com a Carlos Petit e pensou no risco de Anderson estar passando o fim do domingo com ela. Achou de uma sabedoria conveniente que ainda não morassem juntos, apesar do longo tempo de namoro. Não, ele não estaria lá. De domingo normalmente ele visitava os pais. Valia a pena tentar vê-la – já que estava ali – e, de qualquer forma, não era difícil inventar uma desculpa se isso ocorresse. O semáforo abriu e lhe roubou a atenção: as pequenas luzes que, unidas, deviam exibir um círculo verde, mostravam um círculo azul-cobalto. Ficou tomado pela imagem. Estaria em conserto? Estaria ele vendo coisas? Azul? Ficou com os pontinhos na visão, aqueles de quando ficamos olhando demais para alguma luz.

Desceu a Carlos Petit, que estava vazia. Nem um carro para ocupar as vias. Estranhou, pois sabia que aos finais de semana as ruas próximas à Vergueiro ficavam bastante agitadas.

Na terceira quadra, vislumbrou a estreita casa com acabamento de tijolos nus. A janela aberta expunha uma luz fraca – talvez de uma luminária – indicando uma fresta de vida ali. O pequeno portão estava aberto e ele se sentiu encorajado a subir as escadas que, ele sabia, terminariam na porta. Tocou a campainha. Tocou mais uma vez e então ela atendeu. Estava com o vestido azul da festa. Linda. Antes que ele pudesse explicar por que estava ali, ela se adiantou. Você demorou. Seu cérebro tentou racionalizar aquele "demorar" de muitas maneiras, em diversas linhas de percepção e lógica, de tal maneira que mal notou quando os finos braços encostaram em seus ombros, entrelaçando em seguida o pescoço. Tudo tão inusitado. E fácil. Ele resolveu não mais racionalizar.

Luna levou-o para o quarto, sem nenhum rastro de inibição e com uma pressa notável. Lá ele percebeu que as fotos do casal estavam todas abaixadas. A janela estava um pouco aberta e, por algum motivo, isso não tolhia seus desejos. Deitado no colchão, tremeu ao sentir os lábios de Luna tocarem os seus. Ela deitou-se sobre ele, despindo-se do vestido. A tecitura da roupa caída sobre ele fazia seu desejo aumentar. A luz da lua entrava sem ressalvas no quarto, acendendo objetos, singularizando corpos. Seus sentidos estavam todos aguçados, ele era um animal feliz.

O cheiro de dama da noite era marcante. Abriu os olhos e, ao encarar a escuridão plena, experimentou uma frustração intensa, todas as sensações que acabara de vivenciar não passaram de um sonho.

Levantou-se lentamente, estava ensopado de suor e com muita sede. Antes de sair do quarto, olhou para as ranhuras na quina do teto do quarto, dessa vez incomodado com aquela disfunção. Na cozinha, encheu um copo com água, engoliu-a de uma vez. Recostou-se na pia, esperando que um tempo de imobilidade muscular acalmasse as emoções. Cenas e cores passavam pela sua cabeça. O beijo, a cama, a janela, o carro, o semáforo, o desejo. Um barulho alto. Assustou-se. Mais barulho, era a campainha da sua casa.

Que horas são? Pensou que estava tarde para alguém visitá-lo. Correu para o quarto, botou uma camisa branca e simulou calma, o que o ajudou a chegar até a porta. Pelo olho mágico viu a cabeça morena de Anderson. Ficou confuso. O que poderia tê-lo levado até ali? Será que esquecera algo na sua casa durante a festa? Tinha vindo apenas conversar?

Abriu a porta e o amigo estava sério. Diga, brother, o que faz aqui? Um hiato – uma reversão já impossível.

Entrou na casa com familiaridade e acendeu as luzes da sala. Em seguida entraram mais três homens. Um era conhecido seu, jogavam basquete juntos às terças. Os outros dois eram policiais aposentados da família de Anderson. Já havia sido apresentado a eles em algum momento, mas não lembrava com exatidão.

Não houve tempo para reagir, simplesmente aceitou as mãos colidirem com seus tecidos, ossos, músculos. Sentiu uma pancada atrás da outra. Em dado momento a dor era tanta que brotara um punhado de prazer dela. Pensou em Luna.

Enquanto os homens se retiravam sem culpa, ele olhou o céu pela janela. Tudo seguia tão bonito e azul. Os olhos saturados de lágrimas não impediam que a beleza entrasse de um soco em seu corpo débil. Ficou contemplando de maneira ininterrupta, sentindo a respiração diminuir de ritmo a cada tempo. Mais um pouco de céu antes do fim, pensou, e lá de cima, a lua era um peixe e lhe sorriu.

A Editora Senac Rio publica livros nas áreas de
Beleza e Estética, Ciências Humanas, Comunicação e
Artes, Desenvolvimento Social, Design e Arquitetura,
Educação, Gastronomia e Enologia, Gestão e Negócios,
Informática, Meio Ambiente, Moda,
Saúde, Turismo e Hotelaria.

Visite o site **www.rj.senac.br/editora**,
escolha os títulos de sua preferência e boa leitura.

Fique atento aos nossos próximos lançamentos!

À venda nas melhores livrarias do país.

Editora Senac Rio
Tel.: (21) 2018-9020 Ramal: 8516 (Comercial)
comercial.editora@rj.senac.br

Fale conosco: faleconosco@rj.senac.br

Este livro foi composto na tipografia Ibarra Real Nova
e impresso pela Coan Indústria Gráfica Ltda.,
em papel *off white* 90 g/m²,
para a Editora Senac Rio, em outubro de 2024.